STAR WARS THE MANDALORIAN

Adaptado por Joe Schreiber

Baseado na série criada por Jon Favreau e escrita por Jon Favreau, Dave Filoni, Christopher Yost e Rick Famuyiwa

São Paulo
2021

Disney · Lucasfilm

Grupo Editorial
UNIVERSO DOS LIVROS

Diretor editorial
Luis Matos

Gerente editorial
Marcia Batista

Assistentes editoriais
Letícia Nakamura
Raquel F. Abranches

Tradução
Leonardo Alvarez

Preparação
Guilherme Summa

Revisão
Tássia Carvalho

Arte
Valdinei Gomes

Dados Internacionais de Catalogação na Publicação
(CIP (Câmara Brasileira do Livro, SP, Brasil) Angélica Ilacqua CRB-8/7057

S347s

Schreiber, Joe

Star Wars : the Mandalorian / adaptado por Joe Schreiber ;
baseado na série criada e escrita por Jon Favreau ; tradução de
Leonardo Alvarez. -- São Paulo : Universo dos Livros, 2021.

216 p.

ISBN 978-65-5609-067-2

Título original: Star Wars – *The Mandalorian*

1. Ficção norte-americana 2. Ficção científica
I. Título II. Favreau, Jon III. Alvarez, Leonardo

21-0058 CDD 813.6

Universo dos Livros Editora Ltda.
Avenida Ordem e Progresso, 157 – 8º andar – Conj. 803
CEP 01141-030 – Barra Funda – São Paulo/SP
Telefone/Fax: (11) 3392-3336
www.universodoslivros.com.br
e-mail: editor@universodoslivros.com.br
Siga-nos no Twitter: @univdoslivros

Há muito tempo, em uma galáxia muito, muito distante...

CAPÍTULO

1

— ESTA É MINHA MAIOR OFERTA — disse Greef Karga.

De seu lado da mesa, o Mandaloriano encarou-o de volta. Nunca ficava claro se Greef Karga estava contando a história toda. Em seu papel de agente local da Guilda dos Caçadores de Recompensas, ele proferia meias-verdades, boatos e mentiras completas da mesma forma que usava créditos Imperiais e discos de recompensa — como ferramentas de manutenção do equilíbrio desconfortável e sempre volúvel entre os caçadores com quem trabalhava e as figuras obscuras a quem servia. Nada pessoal, apenas negócios.

— Vamos ver o disco — disse Mando, referindo-se ao pequeno dispositivo holográfico contendo as informações do serviço.

— Sem disco. Cara a cara — Karga fez uma pausa. — Comissão direta. Pagamento bom.

O Mandaloriano não se surpreendeu. Era comum os melhores trabalhos virem acompanhados de pouca informação, em geral para a segurança de clientes que não queriam que seus negócios se tornassem públicos.

– Submundo? – perguntou Mando.

– Tudo o que sei é que não há código de rastreio – disse Karga, não se importando em esconder sua impaciência. – Vai querer o contrato ou não?

O Mandaloriano aceitou. Nunca houve, de fato, dúvida quanto a isso. Mesmo para um caçador experiente como ele, e de grande reputação, as coletas eram sempre escassas, desde os Mundos do Núcleo à Orla Exterior. Depois da queda do Império, a galáxia parecia ter perdido o rumo. Havia pouca estabilidade econômica ou estado de direito, e se a promessa de paz e prosperidade da Nova República já se cumprira, ela ainda não havia chegado até um planeta remoto como Nevarro. Naquelas ruas e em milhares de outras como aquela, contrabandistas e ladrões, senhores do crime locais e brutamontes conduziam seus negócios nas sombras, e às vezes até mesmo em plena luz do dia. A criminalidade prosperava cada vez mais, mas, para os caçadores de recompensas, os próprios criminosos valiam cada vez menos.

Conforme andava por aquelas ruas isoladas, a caminho de encontrar seu novo cliente, Mando pensava em seu futuro imediato – seu próximo serviço, e o seguinte, e aquele que viria depois deste. Incontáveis rostos, planetas esquecidos, seus nomes reduzidos a créditos pagos e devidos. Esses alvos, por si sós, formavam uma corrente, um fluxo de recompensas que se estendia até algum futuro incerto. A Guilda esperava que os caçadores trouxessem seus prêmios sem fazer perguntas, e esquecê-los igualmente rápido era parte do acordo, o que, para o Mandaloriano, servia-lhe como uma luva.

Já havia coisas demais que não conseguia esquecer.

Os estrondos de explosões, os rostos aterrorizados de seus pais, brilhando de suor – tudo ainda muito vívido e perturbador –, enquanto corriam com ele pelas ruas, seu mundo inteiro sendo assolado pela destruição atrás deles durante o Grande Expurgo...

Acima disso tudo, estava o Código.

Em algum ponto entre as sombras do passado e o vago borrão do futuro, sua estrada em si permanecia clara. Aonde quer que fosse, as habilidades e a força dos Mandalorianos constituíam a rota sob seus pés, um destino que sempre estaria esperando por ele.

Aquele era o Caminho.

CAPÍTULO 2

– GREEF KARGA DISSE QUE VOCÊ ESTAVA VINDO – disse o Cliente.

Mando parou diante dele, deixando o silêncio imperar à sua volta. Para um suposto esconderijo, a sala não parecia particularmente segura. Ao entrar, encontrou quatro stormtroopers em armaduras sujas e marcadas por batalhas, com os blasters a postos. Tal qual o Império que serviram no passado, os troopers foram destituídos de sua autoridade oficial, mas não de sua ameaça. Naqueles dias, trabalhavam, lutavam e matavam por quem oferecesse o maior pagamento.

– O que mais Karga disse? – perguntou Mando.

– Disse que você era o melhor em todo parsec. – A expressão do Cliente não se alterou. Era um homem na casa dos setenta anos, de cabelos brancos e com um sotaque cuja origem Mando não conseguia identificar, mas sua afetação indicava um histórico como oficial de alto escalão do Império. – Também disse que era caro.

Não era uma pergunta, e Mando não se preocupou em responder. Escutou um tinido abafado enquanto observava o velho oficial desdobrar um pedaço de tecido preto leve sobre a mesa à sua frente, revelando uma placa retangular de metal sobre o revestimento vermelho. Percebeu que os troopers atrás dele se inclinaram para ver mais de perto. Mesmo eles não conseguiram disfarçar o interesse naquele tesouro. O Mandaloriano reconheceu de imediato o nome.

– Beskar? – perguntou Mando.

– Este é apenas o adiantamento – explicou o Cliente. – O restante estará à sua espera na entrega do alvo.

– Vivo – acrescentou o ansioso homem de óculos próximo a ele. O Cliente o apresentara como dr. Pershing, cuja entrada alvoroçada na sala momentos antes quase o fizera ser alvejado antes de o velho oficial pedir que Mando guardasse seu blaster.

– Uma prova de eliminação também é aceitável, por um valor mais baixo – disse o Cliente, sem se importar com o médico, que gaguejava protestos. – Estou apenas sendo pragmático. Caçar recompensas é um negócio incerto. – O velho oficial fez uma pausa, esperando suas palavras serem assimiladas. – O beskar deve ficar com um Mandaloriano. É bom restaurar a ordem natural das coisas depois de um período de tamanha turbulência – disse o Cliente, levantando os olhos. – Não concorda?

Concordando ou não, o trabalho era dele e o beskar estava incluso. O Cliente lhe entregara um dispositivo de rastreamento, e a última localização conhecida de sua presa. A caçada aguardava.

Mas antes ele deveria fazer mais uma parada.

Atravessou a entrada oculta e desceu os degraus até a sombra fresca e familiar que o aguardava. A forja da Armeira ficava ao final de uma longa escadaria, localizada bem abaixo da superfície, escondida dos olhos inimigos que forçaram sua seita a se abrigar no subterrâneo. Aquele era um lugar secreto, sua localização cuidadosamente protegida. Ali, na escuridão, o permanente círculo de chamas azuis brilhava intensamente, e o clangor do martelo da Armeira conferia às sombras uma pulsação própria.

Ele e a Armeira assentiram um para o outro, e quando lhe entregou a barra de beskar, ela nada disse por um instante.

– Isto foi roubado durante o Grande Expurgo – pronunciou--se, por fim. – É bom que tenha retornado à tribo. – A Armeira voltou os olhos para ele. – Uma ombreira seria o ideal. Seu sinete já foi revelado?

– Não – respondeu ele.

– Falta pouco. – Enquanto ela derretia o beskar na forja, e o metal escorria por uma série de calhas aquecidas até preencher o molde à espera, sua voz tornou-se mais suave. – É muito generoso de sua parte. O excesso vai financiar muitos enjeitados.

– Isso é bom – disse Mando. – Eu já fui um enjeitado.

– Eu sei – respondeu ela, e pouco restava a ser acrescentado à conversa.

Logo, ele seguiu seu caminho.

CAPÍTULO 3

A *RAZOR CREST* ERA SUA CASA.

Enquanto outros poderiam olhar para a canhoneira e vê-la como um mero meio de transporte ou de fuga, o Mandaloriano considerava a *Crest* seu refúgio, quase uma extensão da armadura e do elmo que o protegiam. Programando o computador de navegação com as coordenadas fornecidas pelo Cliente, ele sentiu a familiar vibração dos propulsores assumindo o controle, intensificando-se pela estrutura da nave conforme decolava do espaçoporto, o eixo da nave levemente inclinado, e lançou-se ao espaço.

Em muitos aspectos, perseguir uma presa era sempre a mesma coisa. Seria questão de tempo até que retornasse a Nevarro com seu prêmio a reboque, coletasse o que lhe era devido, e todo o processo começasse novamente.

Desta vez, entretanto, algo parecia diferente.

Talvez tenha sido a visão do beskar, ter sentido seu peso nas mãos e ouvir a Armeira prever que seu sinete logo seria revelado.

A nave voou por algum tempo, cruzando o espaço num arco, até que um sinal de proximidade começou a pulsar no painel de controle à sua frente. Seus sentidos se aguçaram enquanto se inclinava para retornar à navegação no modo manual. O planeta chamava-se Arvala-7 – e sua paisagem rochosa e estéril se abria adiante, revelando picos irregulares conforme a altitude da nave diminuía ao iniciar a descida.

O deserto se ergueu para recebê-lo, a princípio aos poucos e então de uma vez. Estendendo o trem de pouso, o caçador de recompensas pousou sua nave em um cânion plano cercado de encostas marrom-avermelhadas, depois saiu da nave, descendo a rampa de embarque com o dispositivo de rastreamento piscando na mão. Após passar horas no interior da nave, a sensação de estar em terra firme era boa, mesmo que o solo sob suas botas parecesse macio e lamacento.

Ele ergueu seu rifle, ativou a mira telescópica e reservou um tempo para sondar a ampla paisagem, seguindo a linha do horizonte até avistar um par de criaturas bípedes agachadas, vagando pela planície. Aquelas coisas eram quase indizivelmente feias, com as costas arqueadas e cabeças rombudas, como a de peixes primitivos, e tinham bocas cheias de dentes que pareciam capazes de estraçalhar facilmente qualquer coisa que capturassem. Sem dúvida seria perigoso tê-los por perto, embora o Mandaloriano estivesse determinado a manter distância. Até então, vira apenas duas delas.

A terceira estava bem na sua frente.

A criatura o atacou, soltando um rosnado. Mando gritou quando ela abocanhou seu braço, lançando-o ao chão com um solavanco. Quando conseguiu se libertar e disparar uma rajada de seu lança-chamas contra ela, a fera guinchou e o soltou somente por tempo o suficiente para que ele percebesse que apenas a havia enfurecido. Em poucos instantes, outra delas teria chegado e certamente ele estaria acabado, não fossem os dardos tranquilizantes que subitamente derrubaram ambas as criaturas no chão.

Mando olhou para cima e viu outra das criaturas avançando desajeitada. Diferente das demais, esta carregava alguém montado em suas costas – um Ugnaught de capacete e óculos de aviador que não pareceu surpreso ao encontrar um Mandaloriano estirado no chão, com uma perna presa sob uma das feras.

Mando acenou com a cabeça na direção dos dardos tranquilizantes cravados na pele das criaturas.

– Obrigado.

O Ugnaught o observou por alguns momentos, seu olhar o de alguém que estava acostumado a passar seus dias sozinho.

– Você é um caçador de recompensas.

– Sim – respondeu o Mandaloriano.

– Eu sou Kuiil – disse o Ugnaught. – Vou ajudá-lo.

Não pedi a sua ajuda, pensou Mando, mas o Ugnaught já havia assentido:

– E tenho dito.

CAPÍTULO 4

KUIIL CONTOU AO MANDALORIANO que as criaturas que o atacaram eram chamadas de blurrgs. Eram muito feias e exalavam um fedor horrível, mas se o caçador pretendia viajar por Arvala-7, não apenas precisaria aprender a montar uma delas, como teria de fazê-lo com certo grau de destreza.

– Muitos passaram por aqui – disse Kuiil enquanto discutiam a viagem, sentados em seu acampamento. – Buscavam o mesmo que você.

– Você os ajudou? – perguntou Mando.

– Sim. – O Ugnaught despejou água em uma caneca e a estendeu, oferecendo-a ao caçador. – Eles morreram.

– Então não sei se quero a sua ajuda – respondeu Mando.

Kuiil não respondeu.

Mais tarde, no mesmo dia, Kuiil levou o caçador de recompensas a um cercado atrás de sua casa e assistiu pacientemente enquanto seu novo convidado tentava montar um blurrg e era arremessado para longe, repetidas vezes. Kuiil imaginou quanto dos golpes a armadura do Mandaloriano conseguia amortecer.

De onde observava, o esforço de Mando parecia brutal, e ele não parecia estar melhorando em nada. O blurrg em questão fora o primeiro a ser atingido pelo dardo tranquilizante de Kuiil, e ele precisava admitir que a fera parecia estar com um humor ainda pior do que antes, determinada a consumir uma vingança pela tentativa do Mandaloriano de fritá-la com o lança-chamas.

Talvez você não devesse ter sido tão apressado em usar aquela arma, Kuiil pensou, mas decidiu guardar a opinião para si. Mesmo do outro lado da cerca, ele não precisava ver o rosto por trás do elmo do Mandaloriano para saber que a irritação do caçador crescia mais e mais cada vez que era arremessado pelo blurrg. Sua paciência estava visivelmente por um fio.

– Não tenho tempo para isso – desabafou Mando. – Você tem um solodeslizador ou um deslizador que eu possa alugar?

Kuiil balançou a cabeça.

– Você é um Mandaloriano! – disse ele. – Seus ancestrais montavam o grande mitossauro! Você certamente consegue montar este jovem animal.

O Mandaloriano levantou-se cambaleante e lançou a vista para o outro lado do cercado, de onde o blurrg o encarava furioso com seus sinistros olhos amarelos, já se preparando para o próximo embate entre eles. Kuiil, que conhecia bem a expressão da criatura, sentia como se quase pudesse ler seus pensamentos. *Eu vou acabar com você*, diziam os olhos amarelos. *Já arremessei longe homens melhores do que você, caçador de recompensas, e vou fazer de novo e de novo, até bem depois de ter partido deste lugar. A menos, é claro, que escolha morrer aqui.*

Kuiil esperou para ver o que o caçador de recompensas faria – se desistiria e iria embora, ou se faria outra tentativa de subjugar o blurrg à força.

Mas o Mandaloriano não fez nem uma coisa, nem outra. A princípio, pareceu que não faria nada. Kuiil observou enquanto o caçador dava um passo em direção ao blurrg, com os braços estendidos e levemente erguidos nas laterais do corpo em um gesto de paz, e depois outro passo.

– Calma – disse Mando, e desta vez, em vez de avançar contra a criatura, ele se aproximou devagar, dando-lhe tempo para se acostumar com sua presença. – Tudo bem.

A criatura bufou e grunhiu para ele, mas não atacou. Quando Mando chegou perto, ela permitiu que ele tocasse o topo de sua cabeça.

– Tudo bem – disse Mando, montando nas costas da criatura. Ela rosnou, mas não tentou arremessá-lo, e ao deixarem o cercado e seguirem em direção ao deserto, o caçador já se equilibrava melhor.

Deixando o acampamento, Mando e Kuiil viajavam trotando em fila em direção a um terreno mais elevado, avançando por uma série de picos e cristas estreitas, intercaladas por fendas tão profundas que não era possível enxergar o fundo. Os blurrgs saltavam sobre os vãos na terra com agilidade surpreendente, nunca errando um movimento. Descendo para um terreno mais plano, os dois cruzaram um vasto platô onde o solo parecia rachado, quebrado de um jeito que nunca poderia se recuperar, depois de secar sob o olhar impiedoso do sol.

Por fim, alcançaram um platô mais alto. Kuiil fez sua montaria parar e apontou para baixo.

– É lá que você encontrará sua presa – disse o Ugnaught.

Observando o complexo abaixo, Mando retirou de um compartimento lateral de sua algibeira uma pequena bolsa de créditos.

– Por favor – disse ele para Kuiil. – Você merece.

O Ugnaught balançou a cabeça.

– Desde que eles chegaram, este lugar tem sofrido com um interminável fluxo de mercenários buscando por riquezas e trazendo destruição – respondeu ele. – Estou farto disso.

Mando o encarou, sem entender.

– Então, por que me trouxe aqui? – quis saber.

– Eles não pertencem a este lugar – respondeu Kuiil. – Quem vem morar aqui, vem em busca de paz. Não haverá paz até que eles partam.

– Então, por que me ajudou? – perguntou Mando.

Kuiil demorou a responder. Anos sem ninguém para conversar o haviam deixado muito consciente de suas palavras, e ele as escolheu cuidadosamente.

– Nunca encontrei um Mandaloriano – ele disse. – Apenas li histórias. Se elas forem verdadeiras, você vai resolver a questão sem maiores problemas. Então, haverá paz novamente.

Puxando as rédeas de sua montaria, ele ergueu uma das mãos, em um gesto que encerrava a conversa.

– E tenho dito.

CAPÍTULO 5

O COMPLEXO CONSISTIA NUMA SÉRIE de construções com telhados retos, dispostas em formato de U ao redor de uma área aberta coberta de areia. Olhando para baixo com a mira telescópica de seu rifle, Mando viu guardas e mercenários Nikto passando tempo ao sol do fim da tarde. Habituados às condições do deserto, os Niktos eram imponentes e tinham a pele coberta de escamas, suas cabeças e rostos salpicados de chifres e espinhos. Para ele, os mercenários pareciam tão perigosos quanto os stormtroopers no esconderijo do Cliente: soldados entediados, fortemente armados e procurando por encrenca.

Ele ainda os observava, planejando sua abordagem, quando uma figura mecânica imediatamente identificável entrou andando no complexo e tornou a situação ainda pior.

– Atenção – disse o droide de recompensas para os mercenários. Era uma unidade IG, projetada para combate. – O subparágrafo dezesseis do protocolo da Guilda dos Caçadores os obriga a entregar o objeto imediatamente – prosseguiu o droide.

– Ah, não – resmungou Mando. Lá embaixo, o droide continuava avançando quando os guardas ao redor da área aberta sacaram seus blasters, simultaneamente assinando suas sentenças de morte. Sem hesitar, IG entrou em ação abrindo fogo contra o pistoleiro à sua frente, seu corpo girando no próprio eixo sem esforço algum com um blaster em cada mão, executando sem cessar disparos com uma extrema precisão. Não falhou nenhuma vez, nem mesmo quando um disparo ricocheteou a chapa que protegia seu processador.

Conforme Mando descia a escarpa em direção ao complexo, percebeu que o tiroteio havia cessado. O silêncio preencheu o ar. Quando o último eco deixou de soar e a fumaça e a poeira baixaram, ele viu que o chão estava coberto com os corpos dos Nikto contratados. Na quietude, a voz do droide soou exatamente igual a antes, imperturbável, enquanto repetia sua missão.

– O subparágrafo dezesseis do protocolo da Guilda dos Caçadores os obriga a entregar o objeto imediatamente – repetiu IG enquanto avançava com a confiança inabalável singular dos droides caçadores de recompensas.

– Unidade IG, baixe as armas! – exclamou Mando, entrando na área aberta.

O droide disparou contra ele. O Mandaloriano sentiu o choque do blaster atingir a couraça de sua armadura, a força do impacto poderosa o bastante para jogá-lo para trás numa fileira de barris alinhados ao longo da parede atrás dele. Ao mesmo tempo, uma dor lancinante irradiou do ombro ao tórax, e ele lutou para recuperar o fôlego. O beskar havia ricocheteado o grosso do tiro, mas ainda sentiria bastante dor no futuro imediato.

À sua frente, o droide o observava, provavelmente ainda processando por que seu disparo não causara mais danos. Mando levantou-se, sabendo que teria menos de um segundo para convencer IG a cessar fogo antes que ele o eliminasse com um disparo na cabeça.

– Eu estou na Guilda! – gritou Mando, erguendo o dispositivo de rastreamento.

– Você é um membro da Guilda? – Pela primeira vez, a voz do droide revelou um tom de incerteza. – Eu sou IG-11 – acrescentou, com cortesia profissional. – Pensei que eu fosse o único destacado para esta tarefa.

– Então somos dois. – Mando virou-se para analisar a entrada fortificada diante deles. Sem dúvida haveria mais Niktos lá dentro, todos eles completamente cientes de que algo lá fora dera muito errado. – Perdemos o elemento-surpresa.

Mas IG parecia ter assuntos mais importantes a tratar.

– Infelizmente, preciso pedir que me entregue seu dispositivo de rastreamento. A recompensa será minha.

O Mandaloriano fitou o droide, avaliando suas opções.

– A menos que eu esteja enganado – observou –, você ainda está de mãos vazias.

– Isto é verdade.

– Tenho uma sugestão – disse Mando.

– Prossiga.

– Dividimos a recompensa.

– Isto é aceitável – respondeu IG, sem hesitar.

– Ótimo – disse Mando. – Agora, vamos nos reagrupar, longe do perigo, e bolar um plano.

Se o droide respondeu, Mando não escutou.

Foi aí que a segunda onda de ataques começou.

Desta vez, havia mais Niktos vertendo das sombras e sobre os telhados, disparando uma chuva de blaster de todas as direções. Abaixando para se proteger atrás de uma cobertura, o Mandaloriano revidava os tiros e observava enquanto IG girava e executava disparo após disparo. Cada um deles era certeiro, graças à sua programação – mas, ainda assim, a situação saiu rapidamente de controle. Cada vez mais Niktos continuavam aparecendo. Naquele ritmo, Mando e IG-11 logo estariam numa desvantagem grande demais.

Mando checou o dispositivo de rastreamento. O sinal estava mais intenso. Olhou para o portão fechado do outro lado da praça. Não havia dúvida de que a presa estava lá. Eles estavam tão perto. Mas a vinte metros, sob uma forte saraivada de blasters, é como se estivessem em lados opostos do Espaço Selvagem.

– Parece que estamos encurralados – disse o droide, parecendo programado para constatar o óbvio. – Vou iniciar a sequência de autodestruição.

— Espere! — O Mandaloriano se virou de súbito, perguntando-se se teria ouvido corretamente. — Você vai o quê?

— O protocolo do fabricante determina que eu não seja capturado. Preciso me autodestruir.

— Não faça isso! — ordenou Mando. — Me dê cobertura!

Aparentemente disposto a considerar essa possibilidade, pelo menos temporariamente, IG girou e continuou atirando enquanto o caçador de recompensas correu abaixado pela praça até o ponto de entrada. Havia um velho painel de segurança com um teclado de acesso, e com tempo o bastante e na ausência de fogo inimigo, ele talvez conseguisse contornar a segurança, mas naquele momento não havia tempo para aquilo. Um segundo depois, um disparo de blaster fritou o painel, reduzindo-o a um monte de circuitos e fios chiando.

— Eles nos encurralaram — gritou.

— Vou iniciar a sequência de autodestruição — anunciou alegremente o droide.

— Não se autodestrua! Vamos abrir caminho atirando!

Mas algo havia mudado no comportamento dos Niktos ao redor deles. Eles haviam cessado fogo e olhavam por cima dos ombros. Quando o Mandaloriano também se voltou para onde estavam olhando, conseguiu ver o que capturara a atenção de seus adversários: um canhão laser de artilharia pesada montado sobre uma plataforma flutuante era posicionado no centro da praça, seu enorme cano apontado diretamente para ele e o droide.

— Certo — disse Mando. — Novo plano. Nós...

O canhão rugiu, cuspindo uma intensa saraivada de tiros. Graças ao suporte da arma, seu operador tinha alcance ilimitado, e o Mandaloriano sabia que ela possuía poder de fogo suficiente para superar qualquer armadura com um único disparo certeiro. Em meio ao barulho, ouviu o droide anunciar mais uma vez que iniciaria a sequência de autodestruição.

— Atraia os tiros! — gritou Mando. — Eu lido com aquilo!

— Aceitável — respondeu o droide, e caminhou para a área aberta. No mesmo instante, o operador do canhão concentrou os ataques contra IG-11, metralhando seu corpo reforçado com uma interminável rajada de disparos. Mando não pôde deixar de se admirar. Droide ou não, IG não hesitara em se expor diretamente ao perigo quando a situação exigiu.

Ele deslizou para a frente, aproveitando-se da distração para mover-se pelas sombras para trás do operador do canhão, enquanto IG continuava sendo atingido pelo fogo pesado e era, por fim, derrubado. De sua posição atual, Mando viu a oportunidade que ele criara e tirou vantagem dela. Erguendo sua manopla, ele disparou um cabo na lateral do canhão e puxou-o forte o bastante para girar a plataforma flutuante inteira, arremessando o surpreso operador de sua posição.

Vai! Agora!

O caçador de recompensas saltou sobre a plataforma, agarrou o canhão, apossou-se de seus gatilhos e os pressionou. Girando, abriu fogo contra os Niktos remanescentes, a arma pulsando em suas mãos conforme eles caíam em ondas. Em poucos segundos, tudo estava acabado, e o último dos Niktos eliminado.

– Muito bem – disse IG. – Vou desativar a sequência de autodestruição.

Mando caminhou em sua direção e estendeu-lhe a mão, ajudando IG a se levantar.

– Sabe, até que você se saiu bem – disse ele, acrescentando: – Para um droide.

– Concordo.

– Isso aí parece feio. – Ele espiou as chapas metálicas carbonizadas que cobriam o torso do droide. – Você está bem?

IG executou um rápido diagnóstico e confirmou que o disparo não acertara seu centro neural. O Mandaloriano assentiu, recuperou o fôlego, e olhou para o dispositivo de rastreamento.

– Bem – disse –, agora tudo o que temos a fazer é abrir aquela porta.

Ele e IG permaneceram ali parados por alguns instantes, e então voltaram seus olhos para o canhão.

CAPÍTULO 6

COMO ESPERADO, O PORTÃO de segurança não foi páreo para o canhão. Depois de uma série de disparos, a coisa toda cedeu com um estrondo.

Mando parou na entrada por um momento, olhando para dentro. O ar parecia estagnado e rançoso. A poeira formava redemoinhos nos raios de luz vindos de cima, e caía sobre contêineres espalhados próximos às paredes. Além dos Niktos, ele não tinha ideia se haveria mais alguém lá, nem para qual finalidade utilizavam o lugar, ou se haveria algum retardatário remanescente.

Como se convocado pelo questionamento silencioso, um único Nikto brotou de um canto, empunhando um blaster. O Mandaloriano atirou, mal parando para mirar, e o guarda voou para trás e acertou o chão.

– Mais alguém?

Silêncio, a não ser pelo bipe do dispositivo de rastreamento. IG virou-se para ele.

– Meus sensores indicam a presença de uma forma de vida.

Mando ergueu o rastreador à sua frente, caminhando para a frente conforme o bipe se intensificava, seguindo o sinal até encontrar um pequeno contêiner prateado em formato de ovo pairando pouco acima do chão. Inclinando-se, apertou um botão e a tampa se abriu, revelando uma pequena forma parcialmente envolta em um cobertor.

Por um momento, Mando apenas a observou. A criatura ergueu uma mãozinha de três dedos e puxou o cobertor para revelar seu rosto verde, a boca e o nariz minúsculos sob dois grandes olhos atentos e orelhas tão compridas que quase tocavam as extremidades do interior do invólucro onde estava aninhado. A boca se abriu e Mando ouviu um arrulho suave, o som de uma criança muito pequenina que ainda não aprendera como usar a linguagem.

– Espere – disse o Mandaloriano. – Disseram que tinha cinquenta anos.

– As espécies envelhecem de forma diferente – observou IG. – Talvez pudesse viver muitos séculos – prosseguiu ele, erguendo o blaster. – Infelizmente, nunca saberemos.

– Não – disse Mando, detendo o droide. – Vamos levá-lo vivo.

– O contrato era muito específico. O alvo deveria ser eliminado.

Mando olhou para o droide, sentindo sua determinação – uma simples questão de programação, nada que pudesse ser negociado –, e considerou suas opções. A decisão não tardou muito. Levantou seu blaster e deu um único tiro à queima-roupa no compartimento craniano do droide, derrubando-o. Uma fina faixa de fumaça elevou-se do buraco na chapa metálica. Abaixando a arma, Mando voltou-se para o carrinho flutuante e estendeu sua mão para a criatura que o fitava.

Ela ergueu o dedo para o dele e o tocou.

Pouco depois, saíram da construção em direção à luz.

CAPÍTULO 7

EM SEUS ANOS COMO CAÇADOR de recompensas, o Mandaloriano perseguira todo tipo de presa – algumas violentas, outras tímidas, aquelas carismáticas e de aparência amigável, – mas nunca encontrara nada parecido com esta... criança.

Se é que é uma criança, pensou ele. Cinquenta anos de idade, sim, mas ainda assim as palavras de IG ecoavam em sua mente: *As espécies envelhecem de forma diferente*. Mando pegou-se olhando novamente para a coisa, tentando entendê-la. O modo como ela o encarava, com uma mistura de curiosidade, admiração e confiança, indicava que ainda era muito nova, talvez até mesmo um bebê. Mas havia inteligência por trás daqueles olhos.

Enquanto andava, o carrinho seguia flutuando, não muito distante dele. Eles atravessaram a praça em direção à escarpa, para o lugar onde as montanhas se elevavam de forma irregular contra o horizonte avermelhado. Olhando adiante, o Mandaloriano já se via pensando no Cliente, em Nevarro, e que possível uso o homem poderia ter para este bem tão estimado.

É claro que a galáxia estava repleta de coisas valiosas e mortais que pareciam comuns e inofensivas para se aproveitar de quem as julgava assim.

Ele olhou novamente para a Criança em seu carrinho, flutuando a um braço de distância atrás de si. Os olhos grandes brilharam em sua direção, atentos, absorvendo cada detalhe da paisagem. Talvez o fascínio do Cliente fosse como o de um colecionador de espécies exóticas, e ele queria a Criança como uma aquisição a algum tipo de zoológico particular.

Mas por que tanta proteção? Por que o caminho até a Criança estava tão bem guardado?

O Mandaloriano fez uma pausa para examinar as cavernas baixas e rodeadas por rochas que ficavam entre ele e o caminho de volta à sua nave. Minúsculas criaturas semelhantes a lagartos – os ligeiros gorvin snu – correram por entre as rochas. A Criança os espiou. Em breve, a escuridão cairia, e Mando precisava descobrir como retornar. Seu blurrg desaparecera – deveria ter se desviado em algum ponto e seguido o próprio rumo –, então parecia que fariam a jornada até a nave a pé, o que significava...

Ele parou de súbito, atento ao silêncio. O vento assobiou solitário através do desfiladeiro aberto seguido por um leve, mas inconfundível, farfalhar de tecido. Não estavam sozinhos. Uma sombra tremulou na parede rochosa imediatamente à sua esquerda.

Ele abaixou a mão e soltou a trava do coldre, pousando a mão sobre o blaster.

Um segundo depois, o Trandoshano saltou sobre ele com um grunhido, brandindo um vibro-machado. O Mandaloriano esquivou-se da lâmina e estendeu o braço para empurrar o carrinho da Criança o mais forte que pôde, para longe do perigo, ouvindo – seria possível? – uma leve risadinha de deleite em seu interior.

Um segundo Trandoshano surgiu para se juntar ao primeiro, os dois brandindo machados, rugindo e rosnando, investindo contra ele de ambos os lados. Mando lançou seu rifle ao alto para bloquear o ataque do primeiro, mas o segundo aproximou-se por baixo com sua arma e atingiu o peito de Mando. O corte da lâmina era mortalmente afiado, rompendo sua armadura e rasgando sua pele, e o caçador de recompensas sentiu uma dor lancinante.

Farejando o sangue, os agressores redobraram esforços. O Mandaloriano conseguiu acertar as pernas de um deles, girar e puxar o rifle rapidamente por baixo. Atingiu o Trandoshano à sua frente com um choque elétrico e golpeou-o na nuca. Quando o outro recuou e se virou para fugir, Mando ergueu o rifle e disparou a rajada disruptora, reduzindo o fugitivo a uma pilha de roupas soltas que flutuaram até o chão.

Mas não *apenas* roupas.

Baixando os olhos para o tecido, Mando viu o dispositivo de rastreamento que os Trandoshanos carregavam consigo. Mais caçadores de recompensas tinham vindo reivindicar seu prêmio. Quantos de sua espécie o Cliente contratara? Dez? Cem?

Mando respirou fundo. Agora já não havia razões para não esperar mais caçadores. Mas com o vento do deserto aumentando e a noite caindo, precisavam encontrar um lugar para descansar, de preferência em terreno elevado, onde pudesse consertar sua armadura e tratar seus ferimentos.

Seguiram em frente.

A escuridão apresentou-se com uma rapidez surpreendente e inevitável. A esta altura, o Mandaloriano já encontrara um lugar adequado para dormir, acendera sua lanterna e sentara-se com um instrumento de cauterização de baixa voltagem para tratar seus ferimentos no braço e no peito. O corte do vibro-machado fora doloroso, mas não particularmente profundo, e o cauterizador selou a carne, uma sutura enrugada e enegrecida do que logo se tornaria uma cicatriz – mais uma para sua vasta coleção.

Levantando o olhar, viu que a Criança havia escalado para fora do carrinho e zanzava em sua direção com o braço estendido, como se sentisse o que Mando estava fazendo – a dor que sentia, a dificuldade do processo de cura – e quisesse ajudar.

O Mandaloriano olhou para a Criança e balançou a cabeça.

– Volte para lá.

Ele ergueu a Criança do chão e a depositou de volta no carrinho. Estava quase totalmente escuro e, sobre eles, as primeiras estrelas surgiram, cada vez mais se materializando em aglomerados luminosos. De repente, sentiu-se muito cansado.

Vou fechar os olhos só por um minuto.

Quando os abriu novamente, já era dia.

CAPÍTULO 8

QUANDO ALCANÇARAM A *RAZOR CREST*, era tarde demais.

Avançando pela encosta com o carrinho ainda flutuando atrás de si, o Mandaloriano pôde ouvir as inconfundíveis vozes agudas que, de alguma forma, soavam irritadas e exultantes ao mesmo tempo. Não era um idioma que ele falava, mas as vozes soaram imediatamente familiares.

Jawas.

De pé sobre o despenhadeiro, espiou o pequeno exército de formas com capuzes marrons que se apressavam ocupadas ao redor da *Crest*, removendo peças de sua nave e levando-as pela rampa de carregamento para o interior de seu enorme rastejador da areia. Como habitantes do deserto, os Jawas consideravam-se no direito de reivindicar tudo o que encontrassem nele, assim como o vento, o sol e a areia podiam reivindicar o domínio sobre todo o restante.

Pelo que parecia, já haviam carregado boa parte da *Razor Crest* para dentro do veículo.

Nivelando o rifle disruptor e mirando nos Jawas abaixo, Mando escolheu um alvo qualquer e puxou o gatilho, observando a capa marrom ser lançada ao ar e flutuar vazia até o chão. O efeito no restante do grupo de sucateiros foi instantâneo. Imediatamente, a operação de desmanche transformou-se num pânico generalizado, o trabalho foi deixado de lado e gritos ecoavam enquanto os Jawas buscavam por cobertura. Depois de recarregar o rifle, Mando escolheu, sem pressa, dois dos mais lentos para abater enquanto o restante do grupo fugia pela rampa para o interior do rastejador da areia, a escotilha fechando-se atrás deles.

Levantando-se, o caçador de recompensas saiu correndo pela encosta do despenhadeiro, o rifle em punho. À sua frente, o veículo já estava em movimento. Era grande como uma fortaleza, coberto de areia e de aparência muito antiga, mas o mais surpreendente era a velocidade com que se movia. Ele acelerou o passo para alcançá-lo, calculando a distância, sabendo que precisava das peças que os Jawas roubaram de sua nave e que faria o que fosse necessário para recuperá-las.

Mesmo que para isso tivesse que escalar a lateral da própria fortaleza móvel.

Mando disparou um cabo e começou a puxar a si mesmo para a lateral. O veículo deu uma guinada, encaminhando-se para um afloramento rochoso à distância. Mando viu as pedras se aproximando e se catapultou contra uma área recuada da lateral do rastejador, enfiando o corpo poucos segundos antes de ser esmagado, espremendo-se. O veículo raspou ao longo do despenhadeiro. Ele agarrou com força a borda metálica, esperando as rochas passarem, antes de se soltar.

Só então pôde retomar a escalada pela lateral do rastejador, sua capa esvoaçando com a rajada de vento. Era como escalar um penhasco de metal, mas aquele era o único caminho. Se ele conseguisse alcançar o topo...

Bam! Algo atingiu seu ombro e ele olhou para cima. Escotilhas enferrujadas se abriam por toda a lateral do veículo, e Mando viu Jawas colocando a cabeça para fora, os olhos brilhando numa alegria maldosa enquanto o bombardeavam com sucata – uma roda enferrujada, a perna de um droide, uma engrenagem metálica serrilhada. Ele se abaixou e escorregou, agarrando-se com apenas uma das mãos, seus pés balançando enquanto outro projétil improvisado passava zunindo sobre sua cabeça, errando-o por poucos centímetros.

Mando ergueu o braço livre e apontou para cima, disparando o cabo de escalada. O cabo encontrou um alvo, enrolando-se em torno de uma das antenas metálicas que se projetavam do topo do veículo. Começou a escalar, uma mão após a outra, grunhindo com o esforço.

Mais sucata veio voando em sua direção, atingindo seu visor. O ferro-velho móvel dos Jawas não ficava sem munição. Mando conseguia escutá-los rindo lá em cima, brincando com a situação, vendo quantas vezes o acertavam enquanto ele subia. Mas não faltava muito; ele estava quase...

Uma escotilha abriu-se bem à sua frente, e um Jawa inclinou-se com um bastão elétrico e o acertou no peito. Mando sentiu a corrente atravessá-lo e gemeu de dor, dependurando-se impotente pelo cabo. Agarrou o Jawa e puxou-o para fora, ouvindo o uivo agudo enquanto caía.

Alcançando o topo do veículo, Mando levantou-se e sacou seu blaster.

Uma dúzia de Jawas o aguardavam, os blaster de íons apontados em sua direção. Com um grito de vitória em uníssono, todos atiraram ao mesmo tempo. Mando viu tudo escurecer enquanto despencava uma grande distância, engolfado em mais escuridão abaixo.

— Eles jogaram *sucata* em você? — perguntou Kuiil. Não parecia surpreso, apenas intrigado com o que acabara de ouvir. — Interessante. Normalmente os Jawas não abrem mão tão facilmente do que coletaram.

— Estavam tentando me matar — explicou o Mandaloriano. — Eu estava escalando a lateral do rastejador deles.

Anoitecia novamente, e Kuiil voltara a receber o caçador de recompensas em sua casa, junto com a estranha criatura que trouxera consigo. O Mandaloriano retribuiu a hospitalidade de Kuiil com uma empolgante história sobre o que acontecera a ele, sua nave e um grupo de Jawas. Aparentemente, envolvia uma perseguição, seguida de uma grande batalha, na qual o Mandaloriano claramente fora derrotado.

Kuiil ouvira todos os detalhes. Estava particularmente fascinado com a tentativa fracassada do caçador de recompensas em escalar a lateral do rastejador da areia, esquivando-se dos pedaços de metal e sucata que os Jawas atiravam nele. Quando o Mandaloriano contou que alcançou o topo apenas para encontrar uma porção de Jawas armados que dispararam todos juntos, arremessando-o para longe, Kuiil balançou a cabeça, admirado. O fato de ter sobrevivido à queda era testemunho da grande resistência do caçador, bem como da força de sua armadura. O Ugnaught voltou-se para a presa de Mando, que estava ocupada apontando para um sapo que passava por ali.

– Essa é a causa de toda a confusão? – perguntou Kuiil.

– Acho que é uma criança – respondeu Mando.

Kuiil nunca vira nada como aquilo.

– Então, é melhor entregá-la viva.

– Minha nave foi destruída. – O Mandaloriano efetuou um ajuste em uma de suas manoplas. – Estou preso aqui.

– Destruída não – corrigiu Kuiil. – Depenada. Os Jawas roubam, mas não destroem.

– Destruída ou roubada, não faz diferença para mim – disse Mando. – Eles são protegidos por sua fortaleza rastejante. Nunca vou recuperar as peças. – Atrás dele, a presa – a Criança – fez um ruído animado e balbuciante enquanto se lançava sobre o sapo que perseguia.

Kuiil teve uma ideia.

– Você pode negociar.

– Com Jawas? – perguntou Mando. – Você está louco?

– Vou levá-lo até eles – disse o Ugnaught e, antes que o caçador de recompensas pudesse argumentar, acrescentou: – E tenho dito. – Mando olhou para trás e viu que o sapo que a Criança havia capturado agora era visível apenas como um par de pernas debatendo-se, projetando-se para fora da minúscula boca da criatura.

– Ei, cuspa isso – ordenou Mando.

Em vez disso, a Criança engoliu e as pernas desapareceram garganta abaixo. Sua única resposta foi um barulhento arroto.

– Pelo menos você não precisa se preocupar em alimentá-lo – observou Kuiil. – Ele parece encontrar sua própria comida.

– Ele não vai continuar comigo por tanto tempo – assegurou o Mandaloriano.

Kuiil apontou com a cabeça na direção do horizonte.

– Se quisermos recuperar sua nave – ele disse –, devemos nos apressar.

Montados, eles avançaram a noite toda por trechos inteiros de deserto não mapeado e sob uma tempestade elétrica que lançava intensas rajadas de relâmpagos pelo céu. Kuiil liderou o caminho em seu blurrg, enquanto o Mandaloriano seguia em uma plataforma flutuante de carga vazia que trouxeram com eles. As chances de pegar de volta alguma coisa dos Jawas pareciam pequenas, mas não havia outra maneira de sair do planeta.

Quando avistaram, à distância, o rastejador e o acampamento à frente, o dia já estava raiando e os Jawas já tinham percebido sua aproximação. Kuiil pôde vê-los se armando e preparando o que parecia ser um contra-ataque.

– Parece que, por algum motivo, eles realmente não gostam de você – observou o Ugnaught.

– Bem... – O Mandaloriano assistiu enquanto mais Jawas colocavam a cabeça para fora das escotilhas laterais do veículo. – Eu desintegrei alguns deles.

– Você precisa largar o rifle – disse Kuiil.

– Eu sou um Mandaloriano. As armas fazem parte da minha religião.

– Então você não vai conseguir suas peças de volta – disse Kuiil.

O caçador de recompensas suspirou. Largou o rifle com muita relutância, enquanto Kuiil se aproximava dos Jawas e falava pacientemente com eles, e depois parava para ouvir enquanto respondiam. Kuiil estava certo a respeito de uma coisa: eles realmente não gostavam do Mandaloriano e ainda estavam ofendidos com o que o caçador lhes fizera. Mas, depois de um tempo, Kuiil retornou com uma oferta.

– Eles vão trocar todas as peças pelo beskar – disse ele.

– Eu não vou trocar coisa alguma! – indignou-se Mando. – Estas peças são minhas. Eles as roubaram de mim! – Ele se voltou para os Jawas, evocando o pouco e rudimentar conhecimento que tinha sobre a língua deles. – *Dee-jugg... dee-jugg... je-jo-so...*

Os Jawas explodiram em gargalhadas, zombando da sua tentativa de se comunicar.

– *Seu Jawa é péssimo* – zombou o que estava à sua frente. – *Parece um Wookiee falando!*

— Vocês entendem *isto*? — Mando estendeu o braço, o lança-chamas instalado na manopla cuspindo um jato flamejante alaranjado, arrancando gritos de susto e surpresa dos Jawas, que recuavam desajeitadamente enquanto certamente o amaldiçoavam.

Mas Kuiil não desistiu. Voltou a conversar com os Jawas, mantendo o mesmo tom calmo e respeitoso, e eles de fato pareciam escutá-lo.

— *Por favor* — disse. — *Deve haver algo mais, algo que vocês queiram, algo que aceitariam em troca.*

Desta vez, a resposta foi devolvida em palavras que até mesmo o Mandaloriano conseguiu entender.

— *Você deve nos trazer o Ovo. Precisamos do Ovo.*

— O Ovo? — Mando voltou os olhos para Kuiil. — Que ovo?

A única resposta foi a mesma palavra, entoada repetidamente:

— Ovo. Ovo. Ovo.

Kuiil olhou para Mando, que o estava encarando de volta, provavelmente com o mesmo pensamento.

Era apenas um ovo. Não deveria ser difícil.

CAPÍTULO 9

BAM!

O Mandaloriano foi lançado para fora da caverna, incerto sobre o que o atingira. A coisa lá dentro o arremessara no ar, e ele caiu no chão num impacto que expulsou todo o ar de seus pulmões, deixando-o momentaneamente sem fôlego. Tudo acontecera muito rápido. A criatura cujo ovo deveria ser recuperado e trocado pelas peças de sua nave – chamada de lamoceronte pelos Jawas – o atacara com tudo de cabeça. Fora como colidir com uma muralha viva, feita de músculos e ossos.

E, pelo ruído que fazia, a coisa estava vindo terminar o serviço.

Mando conseguiu levantar a cabeça, seus olhos ainda recuperando o foco, e viu a fera movendo-se pesadamente para fora da escuridão malcheirosa de sua toca. Por um momento, tudo que fez foi observar. O lamoceronte era ainda maior e mais mortífero do que parecera no interior da caverna. À plena luz do dia, o enorme chifre de coloração óssea que se projetava de sua cabeça peluda parecia afiado o bastante para empalar o que quer que atingisse. Sua pelagem marrom estava coberta de lama e sujeira.

A criatura fedia a morte.

E estava furiosa.

Mando alcançou seu rifle. Enquanto a coisa avançava a toda na sua direção, ele pôde de fato sentir o chão tremendo com o peso dela, e ergueu a arma, mirou e puxou o gatilho...

Mas nada aconteceu. Algo dera muito errado. O rifle não disparava. A fera vinha mais rápido, ensandecida, encurtando a distância entre ambos...

BAM!

Mais uma vez, Mando foi jogado no ar, e quando caiu desta vez, tudo o que escutou foi o crepitar eletrônico dos sensores danificados de seu elmo. Sua visão retornou em uma turbulenta nuvem de minúsculos pixels, o cenário acabando por reformular-se no visor para dar lugar à face da coisa que recuava para investir contra ele novamente.

No último instante, Mando rolou para o lado, gemendo. Ele levantou o braço e atingiu a cara da criatura com um jato de fogo. Ela emitiu um bramido furioso, mas não recuou mesmo enquanto sua manopla vomitava as chamas. Ele disparou seu cabo na criatura, prendendo-o nela, percebendo tarde demais que aquilo fora um erro. Agora estava amarrado a ela, e a fera o chacoalhou ferozmente enquanto o arrastava, o cabo atirando-o para cima e depois para baixo. Tateou em busca de suas armas, sentindo apenas espaços vazios. Seu rifle se fora. Seu blaster se fora. E, com eles, toda a esperança que restava.

O lamoceronte, parecendo sentir que seu momento de triunfo chegara, virou-se e abaixou a cabeça. Bateu-a contra o chão, rugiu e então empreendeu mais uma vez um ataque.

Abaixando o braço, Mando puxou sua faca.

Segurou-a à sua frente com ambas as mãos. Talvez houvesse um ponto vulnerável no pescoço da coisa, uma artéria que ele pudesse rasgar ou perfurar, e que talvez lhe desse uma chance. Caso contrário, pelo menos conseguiria deixar essa criatura com uma cicatriz, algo pelo qual seria lembrado.

Ele fechou os olhos e esperou.

E nada aconteceu.

Pouco depois, pôde ouvir a criatura bramindo novamente, em algum lugar bem à sua frente. Mas, desta vez, soava diferente – mais como o rugido de um predador que encontrara algo completamente novo e incompreensível.

O Mandaloriano olhou para cima e franziu a testa, sem acreditar, de fato, no que via.

Logo à sua frente, tão próximo que ele poderia estender o braço e tocá-lo, o lamoceronte flutuava no ar. Suas patas atarracadas moviam-se impotentes acima do solo enquanto ele rosnava e balançava a cabeça de um lado para o outro, preso por uma teia invisível que não conseguia compreender, seu chifre, zunindo, golpeando o nada.

Mando permaneceu ali, perguntando-se se o que via era algum tipo de alucinação, resultado de um ferimento na cabeça ou de seu visor danificado. Nada – literalmente nada – daquilo fazia sentido algum. E ainda assim estava acontecendo. Quanto mais encarava, mais se convencia de que era real. Mas como...?

Então, ele olhou para a Criança.

Ela estava exatamente onde estivera o tempo todo, dentro do carrinho prateado flutuante que seguira Mando até a caverna. Mas estava fazendo uma coisa que Mando nunca vira.

Os olhos da Criança estavam fechados, suas feições retraídas de concentração, e uma mãozinha estendida na direção do lamoceronte. Seu corpo todo estava trêmulo por causa do intenso esforço que fazia – tenso, como se estivesse usando cada gota de sua força para levantar algo incrivelmente pesado.

Mando percebeu que era exatamente o que estava acontecendo.

O momento se estendeu um pouco mais, até que a Criança pareceu chegar ao limite do que quer que estivesse fazendo. Ela caiu para trás, no carrinho enquanto – ao mesmo tempo – a criatura atingia o chão, com um zurro assustado e confuso.

O Mandaloriano viu que aquela seria sua chance.

Jogando-se para a frente, ele moveu o braço e cravou sua faca no pescoço da criatura, enterrando-a até o cabo. A fera soltou outro rugido, este já desprovido de potência e vacilante, enquanto perdia as forças. Com um último e derrotado suspiro, ela tombou, rolando para o lado e afundando na lama, a faca projetando-se de seu pescoço. Mando caiu próximo a ela, completamente exausto.

Depois de um tempo, forçou-se a levantar. Alcançou o cabo de sua faca e a puxou de volta, depois andou em direção ao carrinho. Em seu interior, a Criança estava imóvel, os olhos cerrados. Parecia tão exausta quanto Mando se sentia. Enquanto a fitava, o caçador de recompensas tinha consciência da primeira de milhares de perguntas que povoavam sua mente, perguntas que não seriam facilmente respondidas.

Mas ainda não era hora daquilo.

Ele se virou e voltou a caminhar em direção à entrada da caverna.

Quando retornou ao rastejador da areia com o Ovo, os Jawas já se preparavam para partir. O Mandaloriano pôde ver a rampa de carregamento sendo recolhida e viu que se demorasse um pouco mais, todo o trabalho teria sido em vão. Kuiil estava aguardando, e quando os Jawas viram Mando se aproximando, voltaram-se para ele esperançosos.

– Eu consegui – disse Mando. – Eu trouxe o Ovo.

Quando perceberam o que o caçador carregava, uma grande alegria se espalhou entre os Jawas, que correram em sua direção, cercando-o e tirando-o de suas mãos. O objeto em questão era um enorme ovo coberto por uma camada de pelos escorregadios e sujos de lama.

Mando observou os Jawas carregarem o estimado prêmio para o veículo, um deles erguendo-o com um grito de comemoração, mostrando-o aos outros como se fosse um artefato sagrado. Pouco depois, o líder Jawa sacou uma faca e cortou o topo da casca do ovo, expondo o fluido amarelo-claro em seu interior. Todos os outros se aproximaram, mergulhando suas mãos no ovo e retirando-as lambuzadas de pegajosos e espessos fios de gosma, que levavam deliciados até suas bocas.

O Mandaloriano olhou para eles e balançou a cabeça. Então, aproximou-se de onde Kuiil estava.

– Estou surpreso por ter esperado.

– Estou surpreso que tenha demorado tanto – respondeu Kuiil, e examinou a armadura surrada do Mandaloriano. – Imagino que haja outra história para contar?

– Certamente há – respondeu Mando.

Eles retornaram para o acampamento naquela noite, Kuiil montado em seu blurrg, puxando a plataforma flutuante de carga, que carregava uma pilha alta das peças da *Razor Crest* devolvidas pelos Jawas. O Mandaloriano ia sentado na frente com a Criança, que estava em seu carrinho, seus olhos ainda fechados.

– Ela ainda está dormindo? – perguntou Kuiil.

– Sim.

– Está ferida?

– Acho que não – respondeu Mando. – Não fisicamente.

– Explique novamente para mim – pediu Kuiil, refletindo sobre o que o caçador de recompensas lhe contara. – Ainda não entendi o que aconteceu.

– Eu também não.

Seguiram em silêncio, cada um perdido em seus próprios pensamentos. Kuiil continuava olhando para a Criança. Nunca vira nada igual a ela, e embora não duvidasse de uma palavra sequer do que dissera o Mandaloriano, ainda custava-lhe acreditar. Derrotar um lamoceronte era uma coisa. Elevar tal besta no ar... especialmente uma criaturinha tão pequena quanto aquela... Ele simplesmente não conseguia compreender.

Quando alcançaram a *Razor Crest*, Kuiil observou o Mandaloriano descer, avaliar a gravidade dos danos em sua nave e balançar a cabeça resignado.

– Não tem jeito de colocá-la para funcionar sem uma oficina de reparos completa – disse o caçador de recompensas. – Levará dias para arrumar.

– Se você ajudar – disse Kuiil –, pode ser mais rápido. Há muito trabalho a fazer.

Os dois trabalharam pelo restante da noite, reinstalando as peças que os Jawas haviam removido, conectando cabos e soldando componentes em seus lugares. Para Kuiil, aquela era uma oportunidade de fazer algo que amava. Ele sempre sentia grande satisfação em consertar coisas quebradas, investigar o que havia de errado com uma máquina e fazê-la voltar a funcionar. Às vezes, até se pegava falando baixinho com os painéis dos computadores de bordo enquanto trabalhava, como um médico tranquilizando seu paciente dizendo-lhe que tudo ficaria bem.

Pouco a pouco, a *Crest* começou a se recompor. Pela manhã, ele e o Mandaloriano estavam lado a lado na cabine. O caçador ativou os motores principais da nave e olhou para fora quando os combustores responderam.

– Não sei como lhe agradecer – disse Mando. – Por favor, permita-me que eu lhe dê uma parte da recompensa.

Kuiil o fitou com um olhar de admiração.

– Não posso aceitar – disse ele. – Você é meu convidado e, portanto, estou a seu dispor.

O caçador de recompensas assentiu, e então considerou outra abordagem.

– Eu poderia ter alguém em minha tripulação com as suas habilidades – disse ele –, e posso pagar bem.

– Sinto-me honrado – respondeu Kuiil –, mas trabalhei por muito tempo para finalmente me ver livre da servidão.

Mando assentiu novamente.

– Eu compreendo. Então, tudo o que posso oferecer é minha gratidão.

– E eu ofereço a minha – disse Kuiil. – Obrigado por trazer a paz de volta ao meu vale.

Eles deixaram a cabine e percorreram o caminho da rampa de embarque até o exterior da nave, onde o blurrg do Ugnaught o aguardava. Kuiil montou a criatura, e então levantou um braço em saudação ao caçador de recompensas.

– Boa sorte com a Criança. Que ela sobreviva e lhe garanta uma bela recompensa. – Kuiil fez uma pausa. – E tenho dito.

CAPÍTULO 10

ENQUANTO A *RAZOR CREST* DECOLAVA, o Mandaloriano inseriu as coordenadas no computador de navegação e aguardou que a nave realizasse os cálculos para a longa viagem pela frente. Segurou o acelerador e conduziu-a firmemente, avançando.

Olhou para trás, para a forma pequena e imóvel dentro do carrinho.

A Criança ainda não se movera nem abrira os olhos. O esforço para levitar o lamoceronte a deixara exausta. Mando balançou gentilmente o carrinho, mas nada aconteceu. Talvez seu ocupante estivesse apenas dormindo. Voltou sua atenção para o painel de controle.

Atrás dele, ouviu um arrulho baixo.

Virando-se, viu que a Criança estava sentada, seus grandes e brilhantes olhos abertos, observando-o com o mesmo interesse que demonstrara antes. O Mandaloriano encarou-a de volta.

A Criança estava viva e bem e, por enquanto, aquilo bastava.

O Mandaloriano realizou uma última checagem em sua rota para Nevarro e preparou-se para a longa jornada de retorno.

Mais tarde, ouviu um leve farfalhar de tecido, de cobertores sendo empurrados de lado, e percebeu que a Criança descera de seu carrinho flutuante prateado até o chão e dava passinhos em sua direção. Algo no painel de controle da nave chamara sua atenção, um objeto pequeno e brilhante.

Antes que Mando pudesse ver o que era, ouviu um bipe estridente e o holoprojetor ligou, revelando a imagem de Greef Karga, de pé com as mãos na cintura, parecendo inconfundivelmente satisfeito.

– Mando – disse Karga. – Recebi sua transmissão. Ótimas notícias. Ao retornar, entregue a encomenda diretamente ao Cliente. – O agente da Guilda deu uma risadinha. – Não faço a menor ideia se quer comê-la ou pendurá-la em sua parede, mas ele está bastante ansioso. – Depois, falou, assentindo: – Boa viagem. Você sabe onde me encontrar.

Mando lançou a vista para a Criança, que estava ocupada desatarraxando a esfera de uma das alavancas de controle da nave e segurando-a próxima do rosto, como se fosse colocá-la na boca. O caçador de recompensas tomou-a dela.

– Isso não é brinquedo – disse ele, e içou a Criança pela roupa, ouvindo um arrulhar baixinho enquanto a depositava de volta no carrinho e se preparava para a chegada em Nevarro.

Caminhando pelas ruas movimentadas da cidade, em meio à mistura de aromas e à sujeira industrial, o Mandaloriano rumou para o esconderijo onde concordara encontrar o Cliente.

Desceu o beco, com a Criança no carrinho que pairava atrás dele, então parou e bateu na porta.

Momentos depois, um droide sentinela estendeu um longo visor telescópico terminado em um único olho vermelho. O droide tagarelou alguma coisa, uma combinação de pergunta e desafio.

Mando ergueu a ficha de contrato que Greef lhe entregara no começo do trabalho para que o olho vermelho pudesse ver, e um segundo depois a porta se abriu. No interior, havia dois stormtroopers renegados, blasters de prontidão. Os troopers saíram e olharam com desdém para a Criança e de volta para Mando antes de apossarem-se do carrinho e o empurrarem grosseiramente para dentro.

– Cuidado com isso – disse Mando.

Um dos stormtroopers fuzilou-o com o olhar.

– Melhor *você* tomar cuidado.

Eles entraram, desceram um corredor estreito e atravessaram outro par de portas. Adiante, em uma sala maior, o Cliente estava sentado atrás de uma mesa, com o dr. Pershing em pé ao seu lado. Quando o velho os viu entrar, pôs-se de pé, nem se incomodando de disfarçar sua agitação.

– *Sim* – disse o Cliente, aproximando-se do carrinho e abaixando-se para olhar a Criança. – Sim, sim, sim.

A Criança choramingou baixinho quando Pershing sacou um sensor, agitou-o em frente ao seu rostinho e o fez brilhar em seus olhos, a luz âmbar projetando padrões complexos conforme lia seus traços.

– Muito saudável – disse o doutor. – *Sim.*

O Cliente levantou-se para estudar o Mandaloriano.

– Sua reputação o procede.

– Quantos rastreadores você distribuiu? – perguntou Mando, pensando no droide de recompensas IG e nos Trandoshanos que o emboscaram em Arvala-7, e qualquer outro que pudesse ter tentado matá-lo durante a execução do serviço.

– Esta encomenda era de extrema importância para mim – disse o Cliente, considerando aquilo uma resposta – e eu precisava garantir que seria entregue. – Virando-se, caminhou em direção à mesa e pegou um grande recipiente metálico de formato cilíndrico. – Ao vencedor, o prêmio. – Ele digitou a combinação, e o cilindro se abriu como as pétalas de uma flor metálica, revelando uma pilha de barras de beskar em seu interior.

O Mandaloriano aproximou-se e pegou uma das barras, sentindo o peso característico em suas mãos. Sabia que o Cliente o observava enquanto o fazia.

– Uma recompensa enorme para um pacote tão pequeno – disse o velho.

À direita, Mando ouviu o som de choro. Olhou na direção do som e observou Pershing empurrar o carrinho para fora da sala. Mando pôde ver a Criança virando-se para olhar para ele, claramente sem compreender o que estava acontecendo, confusão e medo cada vez mais evidentes em sua expressão. Então, eles passaram por outra porta e se foram.

A porta se fechou atrás deles.

O caçador de recompensas encarou o Cliente.

– Quais são seus planos para ela?

O velho ergueu uma sobrancelha, parecendo se divertir com a pergunta.

– Isso é incomum para alguém com a sua reputação. Você recebeu seu pagamento. Não faz parte do código da Guilda que estes eventos sejam esquecidos?

O Mandaloriano não disse nada. Percebeu que outra porta se abria e mais dois stormtroopers entravam na sala, sua presença enfatizando o fato de que seus assuntos lá estavam concluídos e que era hora de ele se retirar.

– Esse beskar é o bastante para efetuar uma bela substituição em sua armadura – continuou o Cliente. – Infelizmente, encontrar um Mandaloriano nos dias de hoje é mais difícil que encontrar o metal.

Mando olhou para ele por um momento, depois para os troopers e, por fim, para o beskar. Então, estendeu a mão para o recipiente, fechou-o e o apanhou. O metal *era* surpreendentemente pesado, e era como se carregasse uma âncora enquanto o levava para fora.

– Esta quantidade pode ser moldada de muitas formas – disse a Armeira.

Mando a fitava do outro lado da fora, ambos sentados às sombras projetadas pelas chamas azuis.

– Minha armadura está danificada – disse ele. – Posso precisar de uma nova.

– De fato. Eu posso forjar um peitoral completo – disse ela, acrescentando: – Devo informá-lo, ela atrairá muita atenção.

Detrás de Mando, como que para ilustrar a afirmação da Armeira, ressoaram sons de passos seguidos por um grunhido de desaprovação. Um grande Mandaloriano chamado Paz Vizsla estava lá.

– Estas placas foram moldadas em uma fundição Imperial – disse Vizsla. – São espólios do Grande Expurgo. A razão pela qual vivemos escondidos como ratos do deserto.

– Nosso sigilo é nossa sobrevivência – disse a Armeira. – Nossa sobrevivência é nossa força.

– Nossa força já esteve em nosso número – respondeu o outro soldado. – Agora vivemos nas sombras e apenas um de nós sai de cada vez. – A raiva crescia em sua voz conforme falava, mais intensa e firme a cada palavra. – Nosso mundo foi despedaçado pelo mesmo Império com que *este* covarde – ele apontou para Mando – divide a mesa.

Quando a mão de Vizsla atingiu o braço de Mando, ele se levantou para encarar seu desafiante, com a faca de prontidão. Vizsla o atacou, sua faca pousando sob o elmo de Mando. Os dois ficaram cara a cara, mas nenhum deles se mexia, um esperando pelo movimento do outro.

A Armeira ficou de pé.

– O Império deixou de existir – disse ela. – E o beskar retornou. Quando se escolhe seguir o caminho de Mandalore, você se torna tanto caça quanto caçador. Como alguém pode ser um covarde e escolher uma vida assim? – Ela se virou para Mando. – Você já removeu seu elmo?

– Não – respondeu ele.

– Ele já foi removido por outros?

– Nunca.

A Armeira assentiu.

– Este é o Caminho – disse ela, e os outros repetiram juntos, evocando entre eles uma sensação de unidade, exatamente como ela planejara.

Mando deu um passo para trás, afastando-se do soldado, sentindo a tensão deixar o ambiente.

– Este é o Caminho – disse.

A Armeira voltou sua atenção para a ombreira e o peitoral danificados da armadura de Mando.

– O que causou este dano?

– Um lamoceronte.

– Então, você conquistou o lamoceronte como seu sinete – prosseguiu ela. – Vou forjá-lo.

– Não posso aceitar – disse Mando. – Não foi uma vitória honrada. – Ele hesitou. – Recebi ajuda do inimigo.

– Por que um inimigo o ajudaria em combate?

Ele pensou na Criança esticando sua mãozinha, o esforço que empreendera fazendo-o tremer.

– Ele... não sabia que era meu inimigo.

– Como você renuncia ao sinete, usarei o excedente para forjar pássaros canoros – disse a Armeira, referindo-se a um armamento Mandaloriano. – Eles são uma poderosa defesa contra inimigos. Use-os com parcimônia, pois são raros.

O Mandaloriano recuou para esperar. Enquanto a Armeira trabalhava o metal na forja, algo nas batidas do martelo e no chiado do metal derretido evocou lembranças impiedosamente claras – sons e sensações tão vívidos que ele não as via como lembranças, mas como os próprios eventos ocorrendo repetidamente.

Lá estava ele com seus pais, os três terrivelmente expostos e perseguidos em terreno aberto enquanto a rua explodia ao redor, os droides de batalha aproximando-se. Mando pôde sentir o cheiro da fumaça e escutar os gritos. Viu os rostos de seus pais enquanto o mundo se fechava ao redor deles. Sentiu as mãos de sua mãe se apertarem contra seus ombros, segurando-o firme uma última vez antes de o colocarem em um abrigo e fecharem as portas. A última visão deles reduzida a um fino feixe de luz, antes da explosão que eliminara quaisquer traços de suas existências...

Mando recuperou o fôlego. Seu coração estava acelerado, sua garganta seca como a areia de Arvala-7. Ele testemunhara tudo aquilo novamente – *vivera* tudo aquilo novamente. Não era a primeira vez, nem seria a última.

CAPÍTULO 11

— QUERO MINHA PRÓXIMA MISSÃO.

Mando e Greef Karga estavam no bar, sentados à mesa de sempre de Karga. O Mandaloriano entrara usando sua armadura recém-forjada, feita com o beskar que ainda reluzia com o brilho da forja da Armeira. O elmo e o visor refletiam e cintilavam quando atravessara o salão.

No momento em que se sentara, não havia dúvidas da inveja e do ressentimento no olhar dos outros caçadores ao seu redor, que certamente se sentiam no direito de eles próprios receberem a recompensa do Cliente. Karga, radiante ao fazer um brinde ao sucesso de seu caçador mais famoso, e satisfeito com a fortuna que este rendera a ambos, deu um tapinha na chapa de beskar que guardara no bolso de sua camisa, sobre seu coração.

— Até *eu* estou rico — dissera Karga, rindo, decepcionando-se ao ver que o companheiro não se juntara a ele na comemoração. O agente da Guilda até poderia ter esperado que o caçador não se vangloriasse de sua conquista, mas o pedido imediato por mais trabalho o pegara obviamente desprevenido.

– Próximo *trabalho*? – O rosto de Karga pareceu expressar uma incredulidade crescente. – Por que não tira uma folga? Divirta-se.

– Quero meu próximo trabalho.

Karga suspirou.

– Certo – disse ele. – Sei que vocês caçadores gostam de se manter ocupados.

O Mandaloriano aguardou. Antes do fim da conversa, ele aceitara o trabalho com o maior pagamento que Karga tinha a oferecer, encontrar o filho foragido de um nobre. Com a ficha de contrato em mãos, levantou-se e saiu, determinado a entrar em sua nave e deixar Nevarro o quanto antes... como se isso, de alguma forma, fosse apagar a Criança de sua memória.

E, a princípio, pareceu funcionar.

Uma nova missão, a nova armadura, os rituais já familiares para embarcar na *Razor Crest*, acionar os motores, inserir as coordenadas para o destino no sistema de navegação... todas aquelas coisas bastavam para que ele não pensasse no que deixaria para trás.

Ele quase conseguiu.

E então, tocou a alavanca.

A alavanca onde ficava a esfera que a Criança desatarraxara porque era pequena, brilhante e redonda, e que chamara sua atenção. O Mandaloriano olhou para baixo. A bolinha em si estava caída ao lado da alavanca.

Ele a apanhou e a rolou entre seus dedos, recordando-se do olhar amedrontado da Criança enquanto o dr. Pershing empurrava seu carrinho para longe, o choro lamentoso e assustado vindo-lhe à mente.

Ele desligou os motores, desceu da nave, e começou a retornar para a cidade.

– *Não dou a mínima* – dizia o Cliente, sua voz crepitando pelo microfone de longo alcance que Mando acoplara no componente auricular de seu elmo. – Eu mandei que extraísse o material necessário e acabasse logo com isso.

Mando estava empoleirado em um telhado, usando o escâner de seu elmo para escutar a conversa. Subira ali a partir do beco ao lado do esconderijo, onde encontrara o carrinho flutuante da Criança jogado numa lixeira. Vê-lo ali, descartado como lixo comum, eliminou qualquer dúvida que pudesse ter sobre o que estava prestes a fazer.

Caminhou até a entrada do esconderijo, posicionou o detonador térmico contra a porta e programou o temporizador. O que aconteceria a seguir poderia terminar bem ou mal, mas ele sabia que não havia alternativa.

A partir dali, não havia mais volta.

Nos anos seguintes, quando os trovadores de Nevarro viessem a cantar sobre o dia em que o Mandaloriano quebrara o Código e assinara sua sentença de morte, haveria tantas versões diferentes dos eventos quantas pessoas interessadas em escutar.

Mas todas começariam com a explosão.

A carga foi suficiente para arrancar a porta de suas juntas, e no momento seguinte Mando já estava dentro do esconderijo, atravessando a fumaça e as faíscas, sob fogo dos stormtroopers (alguns diriam uma dezena deles, outros mais) que correram em direção ao som. Os troopers atuaram de acordo com sua fama – lutaram e morreram –, enquanto Mando abria caminho de volta pelo túnel que levava ao laboratório do dr. Pershing.

Quando entrou, Pershing já estava no processo de extrair alguma coisa da Criança. Mando agarrou o cientista e o atirou para o lado. Pershing caiu no chão, de joelhos, erguendo as mãos em frente ao rosto.

– Por favor! – implorou. – Eu estou tentando protegê-la! Sou a única razão dela continuar viva.

Mando recolheu a Criança e a enfiou debaixo de seu braço. Virou-se para retornar para o corredor, o blaster preparado.

Os stormtroopers já avançavam contra ele aos montes, atirando de todos os lados. Esquivando-se, o caçador de recompensas recuou, disparou e desapareceu nas sombras. Ele podia escutar o som de mais troopers aproximando-se pelo corredor adjacente, comunicando-se uns com os outros, determinados a eliminá-lo. Uma saraivada de tiros de blasters choveu sobre o salão. Um deles atingiu a parede atrás de sua cabeça, e Mando sentiu a Criança se encolher em seus braços.

O Mandaloriano contra-atacou, então virou-se e viu um trooper à sua frente preparando-se para atirar. Ele direcionou as pontas na extremidade de seu rifle disruptor contra o peitoral do agressor e emitiu uma crepitante descarga elétrica pela sua armadura. O caçador de recompensas disparou uma rajada de seu lança-chamas em um segundo trooper, que se afastou gritando ao ser atingido.

Ainda assim, mais continuavam vindo. No fim do corredor, ele cortou o caminho por onde entrara, detendo-se para ouvir os passos de mais troopers, eliminando-os em seguida. Quando chegou ao escritório do Cliente, onde antes aceitara o beskar, encontrou-se cercado.

– Parado!

– Não se mova!

– Mãos para cima!

– Largue o blaster!

O Mandaloriano sentiu o peso da Criança em seus braços, ouviu-a choramingar, viu seus olhos brilhantes voltarem-se para ele. Lentamente, abaixou a arma.

– Esperem – disse ele. – O que estou segurando é muito valioso. Vejam...

Ajoelhou-se e depositou a pistola blaster no chão à sua frente, e quando os stormtroopers se aproximaram...

Pássaros canoros.

Os minúsculos projéteis irromperam de sua manopla, voando de forma espiralada em várias direções, atingindo os soldados com precisão letal. Em poucos segundos, todos haviam caído.

Mando passou por cima de seus corpos e seguiu em frente.

Por toda Nevarro, em cada cantina e em cada esquina, as luzes vermelhas dos dispositivos de rastreamento de todo caçador de recompensas começaram a piscar.

Saindo do esconderijo em direção à rua, o Mandaloriano não precisou olhar ao redor para perceber a rede se fechando ao seu redor. Reconheceu os passos de seus concorrentes, ouviu os apitos agudos de alerta dos dispositivos eletrônicos ecoando pelos muros da cidade. A atmosfera parecia se adensar, como se o próprio ar houvesse se tornando uma grande teia. Na extremidade da rua, ele viu Greef Karga esperando por ele, as mãos de seu velho amigo abertas em um gesto de cordialidade fingida.

– Bem-vindo de volta, Mando! – exclamou Karga. – Agora, coloque o pacote no chão.

O Mandaloriano não se moveu.

– Saia da frente – disse, sabendo estar sob a mira de diversas armas, apontadas contra ele de todas as direções. Ninguém se moveu. À sua direita, talvez a um metro de distância, um leve zumbido provinha de um solodeslizador comercial, conduzido por uma unidade R6 que parecia amedrontada. – Estou indo para a minha nave.

– Coloque o pacote no chão – ameaçou Karga – e talvez eu o deixe passar.

– A Criança vem comigo.

– Se você realmente se importa com essa criança – retrucou Karga –, coloque-a no solodeslizador e vamos negociar.

Aquela era a conversinha padrão, e Mando sabia qual deveria ser sua próxima fala.

– Como sei que posso confiar em você?

– Porque sou a sua única esperança – respondeu Karga, com a absoluta confiança de alguém que acredita piamente nas próprias palavras.

Parecia que Greef Karga se dera o luxo de acreditar que conhecia Mando, e de que poderia prever o que ele faria, o que optaria fazer, e como reagiria. O Mandaloriano encarou Karga e aguardou, deixando o momento se prolongar.

Então, com um único e fluido movimento, ele pulou no solodeslizador, girando seu corpo para proteger a Criança, e começou a disparar, derrubando dois dos caçadores de recompensas mais próximos assim que alcançou o interior do veículo. O elemento-surpresa lhe dera tempo suficiente para chamar a atenção do droide.

– Dirija! – ordenou Mando, e quando o droide emitiu uma série de apitos, recusando-se em pânico, ele apontou seu blaster. – *Dirija!*

O droide meteu o pé no acelerador, e o solodeslizador disparou, descendo a rua enquanto Mando continuava atirando, mantendo a Criança junto de si, derrubando caçadores dos dois lados – alternando, em seguida, para o rifle disruptor para eliminar os últimos antes que conseguissem acertar um tiro. Em algum lugar, Karga estava gritando, mandando que parassem de disparar contra o alvo. Todos pareciam estar atirando para qualquer canto. No fim da rua, o solodeslizador acabou colidindo com uma pilha de escombros, parando bruscamente, e de seu interior, Mando ouviu os propulsores pifarem com um derradeiro chiado.

Ele ergueu sua cabeça, o rifle a postos. Viu Karga. O homem estava muito próximo, acompanhado de mais caçadores, apontando com a cabeça em direção ao rifle disruptor com verdadeira admiração.

– Esta arma é impressionante – disse o agente da Guilda.

Mando não respondeu. Sentiu a Criança agitando-se novamente em seus braços. O pico de adrenalina que o impulsionara até ali começava a baixar. Mantivera o elemento-surpresa o quanto pôde, e ninguém poderia adivinhar o que aconteceria a seguir.

– Vou fazer o seguinte – disse Mando. – Vou caminhar até a minha nave com a criança, e vocês não vão me impedir.

– Não – disse Karga. – Que tal isto? Nós pegamos a criança, e se você tentar nos impedir, matamos você e pilhamos o seu corpo. – Desta vez, não havia nenhuma expectativa na voz do agente, nenhum sinal de fé ou confiança. Ele estava preparado para atirar, assim como todos os outros caçadores à sua volta.

Acuado, os trovadores de Nevarro entoariam, quando contassem a história, o *Mandaloriano não via saída. Tudo pelo que lutara, pelo que arriscara sua vida, estava prestes a terminar como consequência de sua tola rebeldia, da imprudência de sua...*

A explosão seguinte partiu de cima.

Mando olhou para o alto, tão perplexo quanto os outros ao ver figuras com armaduras pesadas sobrevoando os telhados da cidade. Arregalou os olhos ao reconhecê-las.

Seus companheiros Mandalorianos, suas mochilas a jato carregando-os sobre a multidão abaixo, disparavam contra os caçadores, dispersando-os. Quando desceram, Mando reconheceu Paz Vizsla, o soldado que o confrontara e desafiara na forja da Armeira. Vizsla e vários outros se posicionaram como um grupo organizado de atiradores que forçava os caçadores de recompensas a recuar, abrindo um caminho para que ele escapasse.

– Caia fora daqui! – disse a Mando, gritando para poder ser ouvido sobre o barulho do tiroteio de blasters. – Nós vamos segurá-los!

– Vão ter que procurar outro refúgio – disse Mando.

– Este é o Caminho – respondeu o soldado, sem hesitar.

– Este é o Caminho – repetiu Mando.

Ele envolveu a pequenina e encolhida forma da Criança, e começou a correr na direção de sua nave.

– Pare, Mando – ordenou Karga.

O Mandaloriano estava no meio da rampa de embarque da *Razor Crest* quando se virou para encarar o agente da Guilda parado, com a testa franzida, empunhando um blaster.

– Não queria que chegasse a esse ponto – disse Karga –, mas aí você quebrou o Código!

Mando apenas o encarou. Por mais incrível que parecesse, o homem na extremidade da rampa parecia verdadeiramente ofendido, como se o Mandaloriano houvesse cometido uma afronta pessoal. Seria possível que, depois de tudo que acontecera – mesmo depois de ameaçar matá-lo e pilhar seu corpo –, Greef Karga de alguma forma ainda visse Mando como um amigo?

Mal desviando os olhos de Karga, ele moveu o braço e disparou um cabo sobre o painel de controle, liberando uma nuvem de gás pressurizado que preencheu o espaço entre os dois imediatamente. A nuvem fez Karga retrair o rosto e apertar os olhos, e apontar seu blaster erraticamente de um lado ao outro, tentando enxergar onde o Mandaloriano estava.

Então, Mando atirou nele.

Foi só quando estavam dentro da cabine da *Razor Crest* e em pleno voo, já acima da atmosfera de Nevarro, que o caçador de recompensas desatarraxou a bolinha do topo da alavanca. Ele a devolveu à Criança, e sentiu a pequena e curiosa criatura pegá-la com um suave arrulho de interesse.

Mando olhou para o rosto da Criança e viu aqueles grandes olhos encarando-o de volta. Tudo o que lhes restava era encontrar um lugar para se esconderem – algum planeta remoto, onde poderiam esperar a poeira baixar.

Certamente, um lugar assim – pacífico – não seria difícil de encontrar.

CAPÍTULO 12

OS ALDEÕES AINDA ESTAVAM PESCANDO quando os bandidos atacaram.

Omera e os outros passaram a manhã com suas redes, coletando grandes quantidades de krill azul nas águas rasas, como seus pais e avós fizeram no passado, quando começaram a cultivar aquelas águas. Droides moviam-se entre eles, carregando bolsas com a colheita. Era uma boa safra, Omera pensou, e manteria o vilarejo bem alimentado.

Desviou por um instante o olhar de seu trabalho, e contemplou a paisagem azul e verde e as árvores circundantes. As crianças corriam, chutando uma bola, rindo e brincando. Sua filha, Winta, estava em algum lugar entre elas. Omera sabia que, no tempo certo, sua filha se juntaria a ela no trabalho com as redes e os cestos de vime. Então, viu-a perseguindo um sapo na margem da lagoa, e sorriu.

Deixe-a ser criança, pensou ela, *por mais um tempo. E, depois, talvez...*

Seu sorriso desapareceu do rosto.

Podia ouvi-los chegando.

O ar congelou em seus pulmões. Ribombou um som como o de um trovão, a reverberação espantando das copas das árvores revoadas de pássaros assustados. No instante seguinte, a floresta inteira parecia irromper – terríveis rajadas de fogo vermelhas partindo do alto e atingindo o terreno aberto, explodindo-o em pedaços e levantando nuvens de fumaça e água. Com gritos de terror, os aldeões abandonaram suas redes e fugiram.

– *Mamãe!* – gritou Winta, com a voz tomada de pânico.

Omera localizou-a na beira da lagoa onde estivera caçando o sapo, e correu em sua direção. Outro bombardeio dos canhões caiu bastante próximo, provocando uma explosão de água e vapor, que pareceu chacoalhar o planeta inteiro, e Winta voltou a gritar.

Omera agarrou sua filha e mergulhou com ela na lagoa, segurando-a de forma que apenas sua cabeça ficasse acima da superfície. Debaixo d'água, ela podia sentir Winta segurando-se a ela com força, seu corpinho tremendo de medo. Ambas estavam assustadas, seus olhos arregalados, incapazes de falar.

Eles estão vindo, pensou Omera.

Quase que mecanicamente, ela pegou um dos cestos de vime curvados e virou-o de ponta-cabeça para cobrir os rostos das duas. Ela e a filha espiaram através da trama do cesto, e viram o grupo de saqueadores emergindo da fumaça.

Os invasores Klatooinianos atacaram o vilarejo. Vieram como sempre faziam, com as armas empunhadas, rosnando, prontos para tomar o que não lhes pertencia. De onde estava encolhida com sua filha, Omera observou os bandidos, em grande número, tomarem o lugar, agarrando redes, bolsas e cestos, saqueando a colheita e se deleitando com a destruição que causavam. Omera testemunhou quando um deles cravou a lança em um droide, empalando seu processador neural.

Por fim, os saqueadores foram embora, levando tudo o que roubaram, deixando o vilarejo em chamas em sua partida. Omera segurava sua filha, mas não conseguia se mover.

Perguntou-se se um dia voltaria a se sentir segura.

A *Razor Crest* singrava o espaço.

Na cabine, o Mandaloriano concentrava-se no próximo destino. A Criança sentava-se a seu lado, fascinada pela sequência de luzes multicoloridas. Ela esticou o bracinho e apertou um dos botões verdes no painel de navegação. *Clique!* Os motores da nave passaram a fazer um barulho ligeiramente diferente. A Criança emitiu um arrulho, satisfeita com o resultado, e depois pressionou outro botão – desta vez, um vermelho. *Clique!*

– Pare de tocar nas coisas – repreendeu-a o Mandaloriano.

A Criança o fitou com seus grandes olhos, e permaneceu quieta. Então, bem devagar, sem desviar os olhos de Mando, inclinou-se e apertou outro botão. *Clique!* A nave começou a fazer um barulho estridente e a chacoalhar, dando uma pequena guinada.

Mando apanhou a Criança, afastando-a dos controles.

– Vamos ver – disse ele, conferindo os registros. – Sorgan. Parece não ter um espaçoporto, nem centros industriais, nem ser densamente povoado. Um verdadeiro fim de mundo. O que significa que é perfeito para nós. – Ele olhou para a Criança. – Pronta para esticar as pernas e se esconder por alguns meses, seu ratinho womp? Ninguém vai nos encontrar aqui.

Aninhada em seus braços, a Criança piscou e olhou ao redor, mais interessada nas luzes verdes e vermelhas.

Carasynthia Dune aprendera há tempos a sentar-se com as costas voltadas para a parede. Era sempre o lugar mais seguro para se estar.

De sua mesa de sempre no bar, ela viu o Mandaloriano entrar e procurar um lugar. Ele não viajava sozinho. Caminhando desajeitada atrás dele, vinha um pequeno ser de jeito infantil, com pele verde, orelhas compridas e olhos grandes. Cara observou o Mandaloriano erguer a criaturinha, depositá-la em um assento e acomodar-se de frente para ela, pedindo uma tigela de caldo de osso ao proprietário.

O que você faz aqui?, indagou-se Cara.

Manter-se alerta era natural para ela, após anos sobrevivendo a circunstâncias perigosas e, algumas vezes, mortais. Durante a guerra, ela servira à Aliança Rebelde como soldado de choque, sendo designada para locais em que a ação era mais intensa, infiltrando-se onde a infantaria tradicional não conseguiria, abrindo caminho com ou sem apoio. Ela aprendera a confiar em seus instintos, e eles a mantiveram viva.

Naquele exato momento, seus instintos avisavam que era hora de partir.

Levantou-se, saiu de fininho pela porta e virou a esquina, apressando-se pelo espaço apertado entre as construções, e então aguardou nas sombras, apenas escutando.

Pouco depois, o Mandaloriano veio atrás. Cara o ouviu se aproximando e aguardou até que estivesse bem perto antes de atacar. Ela pulou para agarrar uma barra suspensa, balançou seus pés para a frente, chutando-o no tórax. Enquanto ele ainda se recuperava, ela se curvou e o esmurrou com força na cabeça e novamente no torso, batendo-o de costas contra a parede. Ele investiu contra ela, fazendo a finta, atingindo-a nas costelas, e depois socando seu rosto. Cara o agarrou pelo pescoço, por baixo de seu elmo, e o derrubou com um grunhido.

O caçador de recompensas ativou seu lança-chamas. Cara saltou e o atingiu por cima com os dois pés o mais forte que pôde. Virando-se bruscamente, ela sacou o blaster e eles terminaram caídos no chão, ambos ofegantes, as armas apontadas para a cara um do outro.

Ao seu lado, Cara ouviu goladas barulhentas. Olhou na direção do ruído e viu a criança que o Mandaloriano trouxera com ele sorvendo alegremente a sopa da tigela enquanto os observava brigando.

– Quer um pouco de sopa? – perguntou o Mandaloriano.

De volta ao bar, sentaram-se a uma mesa e Cara contou ao caçador o que tinha feito até então.

– Tive a minha cota de ação ajudando a resolver as coisas depois de Endor – disse ela. – Principalmente contra ex-comandantes Imperiais. Eram serviços rápidos e discretos. As naves nem pousavam para nosso desembarque. Depois, quando os Imperiais se foram, começou a política – prosseguiu, balançando a cabeça. – Não foi para isso que eu me alistei.

– E como você veio parar aqui? – quis saber o Mandaloriano.

– Vamos dizer que é uma aposentadoria antecipada. – Ela tomou um gole de sua tigela e o encarou. – Olha, eu sabia que você estava na Guilda. Achei que estivesse me rastreando. Por isso fui com tudo para cima de você.

– É, foi o que eu achei – disse Mando.

Ela se levantou.

– Bom, foi um verdadeiro banquete, mas a menos que esteja querendo outra rodada, um de nós deveria ir embora daqui, e eu cheguei primeiro.

Enquanto ela se afastava, o Mandaloriano olhou para a Criança, que o encarou de volta com expressão curiosa.

– Parece que este planeta já está ocupado – disse ele. – Partimos amanhã cedo.

Naquela noite, enquanto preparava a *Razor Crest* para partir na manhã seguinte, Mando ouviu alguém se aproximando por entre as árvores. Se fosse um inimigo, estaria fazendo um péssimo trabalho espreitando-se daquela forma. Logo depois, dois homens saíram da floresta, um jovem e outro ligeiramente mais velho, nenhum parecendo muito seguro de si.

– Com licença – disse um deles, soando nervoso. – Com licença, senhor?

Mando virou-se.

– Posso ajudá-los em algo?

Eles hesitaram, depois o primeiro falou novamente:

– Bandidos, senhor.

– Nós temos dinheiro – acrescentou o outro.

O caçador de recompensas os estudou por um instante. Ambos o fitavam num misto de esperança e desespero.

– Então, vocês acham que sou algum tipo de mercenário?

– Você é um Mandaloriano, não? Ou pelo menos está usando uma armadura Mandaloriana? – O mais novo parecia quase ofegante de tanta empolgação. – Senhor, eu li muito sobre seu povo... sua tribo... e se metade do que eu li for verdade...

– Nós temos dinheiro – repetiu o outro, mostrando-lhe uma bolsa.

– Quanto? – perguntou Mando.

– É tudo o que temos, senhor – respondeu, engolindo em seco, os músculos do pescoço ficando tensos. – Toda nossa colheita foi roubada.

– Krill – acrescentou o outro. – Cultivamos krill.

– Nós produzimos spotchka. Toda a nossa aldeia contribuiu.

O Mandaloriano olhou para a pequena bolsa de créditos na mão trêmula do homem.

– Não é o bastante – disse ele, e se afastou.

– Tem certeza? Você nem sabe qual é o trabalho! – retrucou um dos homens.

– Sei que não é o bastante – disse Mando. – Boa sorte. – Antes que os homens pudessem responder, ele apertou o botão para estender a rampa de embarque da *Crest*, que expeliu uma súbita nuvem de vapor enquanto baixava. Os dois homens recuaram, resmungando entre eles sobre o fracasso da missão.

– Levamos um dia inteiro para chegar até aqui – reclamou o mais novo. – Agora vamos ter que voltar no escuro, sem proteção, para o meio do nada...

Mando levantou a cabeça.

– Onde vocês moram?

– Em uma fazenda – respondeu o homem que oferecera a bolsa de créditos, olhando por cima do ombro. – Você não estava ouvindo? Somos fazendeiros.

Mando pensou novamente sobre a promessa de um refúgio, um lugar onde ele e a Criança estariam seguros, uma oportunidade para recomeçar e decidir os próximos passos. Talvez aquele planeta servisse, afinal de contas, ao menos por um tempo.

– No meio do nada?

– Sim – confirmou o mais velho.

– Vocês têm acomodações?

– Sim – respondeu o mais novo. – Com certeza.

– Ótimo – disse Mando. – Venham ajudar.

Os dois entreolharam-se confusos, sem saber ao certo o porquê da repentina mudança em sua sorte, depois puseram-se a trabalhar. Enquanto ajudavam a abastecer o deslizador de carga com suprimentos, preparando-se para se dirigirem ao vilarejo, o caçador percebeu que alguém mais poderia ajudar.

– Vou precisar de só mais uma coisa – disse ele, e estendeu a mão. – Passem aqueles créditos.

O homem mais velho o encarou, surpreso.

– Então, agora eles *são* suficientes?

Mando colocou a última bolsa no deslizador de carga.

– É o que vamos descobrir – respondeu.

Ele encontrou Cara Dune sentada próxima de sua fogueira, os olhos alertas, com o blaster já apontado para ele. Mando respondeu jogando a bolsa de créditos aos seus pés.

– Pronta para a segunda rodada? – perguntou ele.

Ela franziu a testa, mas abaixou a arma para escutar. Os créditos fizeram-no ganhar tempo suficiente para que explicasse a situação que os dois fazendeiros haviam lhe apresentado. Baseado nas informações que eles forneceram, ele pensou que uma ajudinha extra de alguém que soubesse manusear armas viria a calhar.

– Então, você está me dizendo que nós vamos enfrentar um bando de saqueadores por alguns trocados? – perguntou Cara, quando ele terminou de apresentar a situação.

– Eles nos abrigarão no meio do nada – disse Mando. – Pelo que sei, é um ótimo acordo para alguém na sua posição. Na pior das hipóteses, você pratica um pouco de tiro. Na melhor, nossa presença impedirá os ataques. – Ele voltou o olhar para a floresta ao redor deles. – Não consigo imaginar nada que viva naquelas árvores com que uma ex-soldado de choque não seja capaz de lidar.

Cara não disse nada, apenas encarou o fogo. O Mandaloriano recostou-se e aguardou sua decisão. Já tinha uma intuição sobre o que ela iria responder.

CAPÍTULO 13

AO RAIAR DA MANHÃ SEGUINTE, o deslizador de carga emergiu da floresta, rumo ao vilarejo. Notícias de sua chegada já deveriam ter alcançado os aldeões, pois um grupo de crianças apressou-se para encontrá-los. Mando e Cara observaram as crianças correndo, rindo e acenando, demonstrando interesse imediato na Criança, que olhava para elas com os bracinhos levantados, arrulhando de satisfação.

– Parece que estão felizes em nos ver – constatou o Mandaloriano.

A expressão de Cara permaneceu neutra.

– Parece que sim.

Ele desceu por trás do deslizador e começou a descarregar os suprimentos. Pelo que podia ver, o vilarejo em si era um aglomerado de cabanas e celeiros com telhados de palha, cercado por uma série de pequenas lagoas com redes suspensas sobre elas, onde os aldeões e fazendeiros capturavam krill. Uma pacífica comunidade de piscicultores onde nada parecia terrivelmente ameaçador.

Caminhando pelo campo, Mando carregou seu equipamento para o celeiro onde lhe disseram que ficaria. A mulher lá dentro estava abrindo as cortinas para que a luz pudesse entrar pelas janelas. Ela tinha cabelos escuros e olhos gentis e acolhedores. Sorriu para ele.

– Por favor, entre – disse ela. – Meu nome é Omera. Espero que você fique confortável aqui. Lamento por termos apenas este celeiro.

– Vai servir bem – disse Mando, acomodando os pacotes que trouxera consigo.

– Coloquei alguns cobertores ali.

– Obrigado. É muito gentil... – Algo se moveu em sua visão periférica e, num reflexo, o blaster já estava em sua mão. Olhando através da porta, viu uma garotinha agachada do lado de fora. Ele guardou a arma, mas percebeu o medo no olhar da menina enquanto ela ia para o lado da mãe.

– Esta é Winta, minha filha – disse Omera. – Não recebemos muitos visitantes por aqui. Ela não está acostumada com estranhos. – A mulher passou a mão pelos cabelos da filha, tranquilizando-a. – Este moço bondoso vai ajudar a nos proteger dos malvados.

A garotinha olhou para ele.

– Obrigada.

– Venha, Winta – disse a mulher. – Vamos deixar nosso hóspede em paz.

As duas retornaram mais tarde, quando ele estava começando a limpar o seu rifle. Desta vez, Omera trouxe uma bandeja com comida, e Winta espiou a Criança, que estava de pé em um berço improvisado ao lado da cama de Mando, piscando os olhos para as visitantes com um brilho de interesse.

– Posso dar comida para ele? – perguntou Winta.

– Claro.

A garota se ajoelhou.

– Você está com fome? – perguntou, e soltou uma risadinha quando a Criança aceitou a porção de alimento que ela lhe ofereceu. Voltou a olhar para Mando. – Posso brincar com ele?

Ele suspirou.

– Claro.

Erguendo a Criança do berço, ele a desceu até o chão de madeira.

– Vem! – disse Winta, e saiu correndo. A Criança balbuciava alegremente enquanto a seguia.

– Acho que não... – Mando começou a protestar.

– Eles vão ficar bem – assegurou Omera.

– Eu não...

– Eles vão ficar bem. – Omera lançou-lhe outro sorriso, e ele sentiu parte de seu receio se dissipar. – Eu trouxe comida para você – disse ela. – Percebi que você não comeu lá fora. Vou deixar aqui para quando eu sair.

– É muita consideração de sua parte – disse, voltando-se à sua tarefa, mas ela ainda o observava da porta.

– Você se importaria se eu perguntasse uma coisa?

O caçador de recompensas assentiu.

– Vá em frente.

– Há quanto tempo você não o remove?

– Meu elmo? – Ele fez uma pausa. – Desde ontem.

– Quero dizer, na frente de alguém.

Mando olhou para fora, onde os pequenos estavam brincando, a Criança zanzando alegremente com as outras, arrulhando de empolgação.

– Eu não era muito mais velho do que elas – disse ele.

– Você não mostrou seu rosto a ninguém desde que era uma criança?

– Não – disse ele. – Fiquei feliz por ter sido acolhido. Meus pais foram mortos, e os Mandalorianos cuidaram de mim.

– Sinto muito – disse ela com suavidade.

Ele a encarou de volta.

– Este é o Caminho.

Omera olhou para ele por mais um momento.

– Avise-nos se precisar de mais alguma coisa.

– Obrigado – ele agradeceu, e continuou observando quando ela se virou para ir embora. Depois que Omera se fora, ele sentou-se à mesa onde ela depositara a comida. Pela janela, podia ouvir as crianças brincando do lado de fora, rindo e correndo em círculos. Suas vozes soavam felizes, despreocupadas e cheias de vida. A Criança estava entre elas, soltando risadinhas também, como se pertencesse àquele lugar.

Mando levou as mãos à cabeça para segurar seu elmo, ergueu-o, e começou a comer.

No anoitecer, Mando e Cara circundaram a área ao redor do vilarejo. Era uma noite boa para uma missão de reconhecimento. O crepúsculo foi pacífico, e o ar estava silencioso, exceto pelo ruído sutil dos insetos. Mando ajustou seu visor, e uma varredura infravermelha revelou rastros de pegadas em direção à floresta.

– Entre quinze e vinte deles passaram por aqui a pé – disse ele, apontando para as árvores à frente. – E alguma coisa grande partiu aqueles galhos. – Eles avançaram mais um pouco e então detiveram-se, nenhum deles falando enquanto se agachavam próximos a uma enorme pegada na terra fofa.

– AT-ST – disse Cara.

– Um andador Imperial. – Mando ainda examinava o rastro. – O que isso está fazendo aqui?

– Não sei – respondeu Cara quando eles se levantaram. – Mas isto vai muito além do que eles contaram.

Ele concordou. O que os aldeões descreveram inicialmente soou como uma gangue de ladrões, nada incomum. Mas aquilo era diferente. Desde a queda do Império havia inúmeros relatos de suprimentos militares, transportes e armas roubados sendo negociados no mercado ilegal e distribuídos pela galáxia. Com créditos o bastante, você poderia comprar o que quisesse.

– Só há uma saída – disse ela – que eu consiga imaginar. E eles não vão gostar nada disso.

– Más notícias – disse Mando. – Vocês não podem continuar vivendo aqui.

Os aldeões reunidos em frente ao celeiro murmuravam confusos e incrédulos. À frente dos demais, Omera e Winta exibiam igualmente expressões de preocupação e incerteza.

Cara levantou uma sobrancelha para o Mandaloriano.

– Que belo tato com as pessoas.

– Acha que consegue fazer melhor?

– Não dá para piorar muito. – Ela deu um passo à frente, abrindo os braços em um sinal de simpatia. – Olhem, eu sei que não é a notícia que vocês queriam ouvir – disse ela aos aldeões. – Mas não restam opções.

– Vocês aceitaram o trabalho – protestou alguém, e Mando viu que era o homem que se aproximara de sua nave com a bolsa de créditos.

– Isso foi antes de sabermos sobre o AT-ST – argumentou Cara.

Foi como se ela tivesse falado em outro idioma. A multidão parecia completamente desnorteada.

– O que é isso? – perguntou alguém.

– Um andador blindado com duas enormes armas sobre o qual vocês tinham conhecimento e não nos contaram – soltou Cara. Se com isso ela esperava convencer os aldeões, o resultado foi o completo oposto. Agora todos imploravam para que ficassem e lutassem. O Mandaloriano viu que Omera olhava para ele, com a filha a seu lado.

– Não temos para onde ir – Omera disse.

– Claro que têm – respondeu Cara. – O planeta é grande. Quer dizer, já vi vários menores.

A multidão não parecia convencida.

– Meus avós semearam estas lagoas – disse um dos fazendeiros. – Levou gerações para desenvolver o que temos aqui.

– Eu entendo – respondeu Cara. – Entendo mesmo. Mas somos apenas dois.

– Não, não são. Tem pelo menos uns vinte aqui!

– Eu quis dizer *guerreiros* – esclareceu Cara. – Sejam realistas. – Sua voz adquiriu um tom sombrio. – Já vi aquela coisa derrotar batalhões inteiros em questão de minutos.

Por um momento, os aldeões murmuraram entre si, e no meio deles, Mando ouviu a voz de Omera elevar-se sobre as demais, não muito alta, mas firme o bastante para chamar sua atenção.

– Nós não vamos sair daqui – Omera bateu o pé.

Cara olhou para ela.

– Vocês não podem lutar contra aquela coisa.

O caçador de recompensas viu-se olhando para a jovem que os recebera no vilarejo, e lhes dera comida e abrigo. Seu semblante não se alterara. Era o rosto de uma sobrevivente que se recusava a ceder ao medo, determinada a se defender, não importava o custo.

Mando virou-se para Cara.

– A menos que nós os ensinemos – sugeriu ele.

CAPÍTULO 14

NA BORDA DE UMA CLAREIRA, Mando e Cara explicavam o plano para os aldeões.

– Vocês têm dois problemas – disse ele. – Os bandidos e o blindado. Nós vamos lidar com o AT-ST, mas vocês precisam nos proteger quando eles saírem do meio das árvores.

O grupo ouvia atentamente. Agora que ele e Cara haviam concordado em ajudá-los, os aldeões estavam prontos para fazer o que fosse necessário para se defender – boa parte deles, pelo menos. Mais ao fundo, Mando reconheceu os rostos de Stoke e Caben, os dois homens que lhe ofereceram os créditos para lutar por eles, parecendo decididamente pouco confiantes a respeito de suas próprias habilidades para lutar.

– E como é que a gente vai fazer para derrubar um andador Imperial? – questionou Caben.

– Boa pergunta – disse Cara, e deu um passo à frente. – Não há nada neste planeta que possa danificar as pernas daquela coisa – confessou ela. – Por isso, precisamos construir uma armadilha. – Ela apontou para a terra encharcada atrás de si, onde o solo era intercalado por várias lagoas. – Nós vamos cavar uma vala, bem ali. E quando aquela coisa pisar nela, vai cair.

– Preciso que vocês derrubem algumas árvores para construir barricadas naquelas extremidades – instruiu Mando. – Elas precisam ser suficientemente altas para que eles não consigam passar por cima, e fortes o bastante para que eles não as destruam. – Examinou as pessoas diante dele e fez a grande pergunta, que vinha ensaiando. – Certo, quem de vocês sabe atirar?

Silêncio. Ninguém se moveu.

Então, Omera levantou a mão.

Ela não mentira. No treino de tiro ao alvo, enquanto o restante do grupo alcançava variados graus de sucesso contra uma linha de panelas e frigideiras penduradas em um galho, Omera atirava com precisão e confiança, acertando seu alvo todas as vezes.

À distância, ele podia ouvir Cara Dune trabalhando com os outros, treinando-os em manobras básicas de combate corpo a corpo usando lanças e piques afiados que eles mesmos haviam confeccionado. Eles pareciam no mínimo determinados, e isso era bom. Afinal, quando caísse a noite, eles precisariam de cada vantagem que pudessem obter, e a luta poderia se resumir à pura força de vontade.

Com o crepúsculo se aproximando, Omera encontrou Mando no celeiro, fazendo preparativos de última hora.

– Partiremos logo – disse ele. – Quando voltarmos, vamos chegar com tudo.

Ela assentiu.

– Estaremos preparados.

Mando olhou para ela, sem dizer nada.

– Vamos – disse Cara, de fora do celeiro, e ele se virou para sair.

A floresta estava quase totalmente escura, a noite sem luar propiciando uma cobertura perfeita para a incursão. Mando e Cara avançaram, seus passos abafados por uma camada de folhas secas e gravetos sob seus pés. Aos poucos, começaram a escutar grunhidos indistintos e vozes de dois bandidos ao lado de uma fogueira, à distância.

Klatooinianos.

Eram humanoides, de pele marrom-esverdeada, fronte imponente, com presas inferiores afiadas e projetadas que os faziam parecer particularmente ferozes. Os que estavam próximos à fogueira comiam e bebiam – bebiam principalmente, considerando o som de canecas batendo e da spotchka azul sendo ruidosamente engolida, e a fala cada vez mais arrastada. Os sucessos recentes no vilarejo os deixaram otimistas e confiantes demais, por isso não se esforçavam em continuar vigilantes.

Ele e Cara saíram das sombras em direção à luz da fogueira. Ambos os guardas os fitaram, completamente espantados.

Um deles derrubou a caneca e começou a se levantar, mas não terminou antes que Cara o atingisse, fazendo-o se dobrar, e acabasse com ele com um murro no rosto. Mando neutralizou o outro, e pouco depois estavam avançando novamente, abaixados, em meio ao território inimigo.

Mais à frente, situava-se o acampamento principal, um posto avançado de construções sólidas das quais uma espécie de luz azul emanava de dentro. O Mandaloriano olhou de relance para Cara, que assentiu. Aquele era o lugar.

Erguendo a aba da tenda, eles esgueiraram-se para dentro.

O lugar parecia estar deserto. Ao redor deles, grandes tanques circulares cheios de spotchka azul projetavam sombras aquosas no interior da estrutura, conferindo-lhe um aspecto etéreo e assombrado. Mando ativou um detonador, que passou a piscar com uma luz vermelha, e o prendeu a uma das paredes. Ouviu vozes do lado de fora, conversando e rindo, conforme mais bandidos se aproximavam. Subitamente, as vozes silenciaram.

Olhando rapidamente para Cara, viu que ela entendera o que estava acontecendo, e a aba da tenda tornou a se abrir.

Os bandidos entraram com tudo, rosnando furiosos. Mando e Cara os derrubaram com uma combinação de socos e chutes. Um deles, mais azarado, terminou com a cabeça enfiada em um poço borbulhante de spotchka azul. Mas quando a segunda leva de adversários chegou, alguém começou a atirar, e Mando viu que ele e Cara estavam cercados. Sair seria mais difícil do que ele previra. Enquanto isso, o temporizador do explosivo acelerava até o *bipe-bipe-bipe-bipe* parecer estar em pânico.

Mando virou-se, sacou seu blaster e abriu fogo contra a parede oposta, danificando-a até que ficasse frágil o bastante para que Cara Dune pudesse atravessá-la.

– Vá, eu lhe dou cobertura! – disse ele. Logo depois, ele a seguiu através do buraco na parede, e toda a operação terminou em uma enorme bola de fogo atrás deles, grande o bastante para jogá-los no chão e explodir completamente o posto avançado.

Cara sentou-se, cuspindo terra, e olhou para ele.

– Espero que o plano tenha dado certo – disse ela, e então eles viram um par de olhos vermelhos surgindo por entre as copas das árvores até se elevar sobre eles com um terrível rugido mecânico.

O retorno ligeiro ao vilarejo foi um borrão. Correndo por entre as árvores, o Mandaloriano estava plenamente consciente do andador em seu encalço. Ele ouvia e sentia o ribombar que acompanhava seus passos, e seus canhões explodindo a terra de cada um de seus lados. Sabia que a vala estaria em algum lugar à frente, com a barricada logo depois, um cenário pontuado pelas luzes alaranjadas de várias tochas.

Ele e Cara apressavam-se pelo caminho estreito que os aldeões haviam construído sobre a vala. Junto das tochas bruxuleantes, os aldeões aguardavam, os blasters e as armas improvisadas a postos. Eles não tiravam os olhos da floresta.

– *Está vindo!* – sussurrou alguém, e uma onda de adrenalina atingiu a todos como uma corrente elétrica.

Árvores tombaram, galhos se partiram, e as janelas avermelhadas da cabine de controle do AT-ST emergiram da floresta, a coisa toda ficando completamente à vista. Dali ela parecia ainda maior, enquanto marchava sobre suas pernas articuladas como as de uma ave.

Isso mesmo, pensou Mando. *Continue vindo.* Ele calculava mentalmente a distância que faltava enquanto o andador se aproximava – vinte metros. Sentia seu corpo tenso de expectativa. Ela deu mais um passo, e então outro.

Quinze metros. Dez... Cinco...

O andador parou.

Ele franziu a testa, percebendo a reação parecida de Cara, a seu lado. *O que ele está fazendo?*

O andador acendeu uma luz brilhante, o feixe varrendo o terreno à frente, projetando longas sombras sobre toda a cintilante extensão de terra, cabanas e lagoas. O andador moveu o feixe pela barricada e, atrás dela, para a fileira de aldeões.

– Abaixem-se! – exclamou Mando. – Abaixem-se!

Subitamente, a coisa recomeçou a atirar, os canhões ensurdecedores. Cara olhou para os aldeões.

– Fiquem aqui! – gritou ela. – Mantenham suas posições!

Foi quando o ouviram partindo do meio das árvores – um grito de guerra. No mesmo instante, o grupo de saqueadores

Klatooinianos avançou, berrando e grunhindo, dirigindo-se à barricada com as armas erguidas.

– *Abram fogo!* – gritou Cara.

De repente, a paisagem foi tomada por rajadas de fogo de blaster voando em todas as direções. Os aldeões se levantaram, disparando contra os bandidos que se aproximavam. O Mandaloriano mirou a cabine de controle do andador, mas o casco reforçado da coisa rebatia os tiros, que ricocheteavam para longe dela. Ela ainda não saíra da beirada da vala, e nem precisava fazê-lo: de onde ela estava, seus canhões duplos faziam chover destruição sobre o vilarejo. A situação estava se degringolando rapidamente. De onde estava abaixado, Mando conseguia ouvir os gritos enquanto as pessoas que concordara proteger viam-se impotentes frente à derrota. Não tardaria para o andador terminar o trabalho.

Olhou para Cara.

– Temos que fazer aquela coisa avançar!

– Tive uma ideia – disse ela. – Passa o seu rifle!

– Eu lhe dou cobertura. – Ele entregou-lhe o rifle, e ela saltou por cima da barricada, correndo em direção à vala, atraindo os tiros do andador. Mando a viu de relance uma última vez antes de ela pular na vala e sumir de vista.

Vamos Cara, pensou ele. *Você consegue.*

O andador deu mais um passo, aproximando-se o bastante para que as extremidades de seus pés ficassem dobradas sobre a margem da vala. Então, voltou a parar abruptamente, atirando direto contra Cara. Ela disparava com o rifle Amban, mas Mando sabia que ela não duraria muito.

– Morda a isca, sua lata-velha – resmungou. Atrás dele, ouviu Omera falando para os outros:

– É agora ou nunca!

Aquele era o encorajamento que os outros aldeões precisavam. Eles saíram de trás das coberturas e avançaram correndo para enfrentarem os bandidos, como haviam sido treinados, em combate corpo a corpo, brandindo lanças e cajados, revidando com tudo o que tinham. Quando se levantou para juntar-se a eles, o Mandaloriano percebeu que, na verdade, eles tinham uma chance. Se de alguma forma conseguissem dar conta daquele andador. E aquele *se* ficava cada vez maior.

Cara ergueu-se dentro da vala, o rifle apontado sobre o ombro, e efetuou um único disparo no visor do lado direito da cabine do AT-ST – um tiro certeiro. A coisa recuou quando seu olho explodiu em uma chuva de faíscas. O andador cambaleou para a frente, plantando um pé na beirada da vala, a terra já começando a ceder sob seu enorme peso.

Isso bastou. Mando viu as pernas do andador dobrando para os lados e colapsando, a cabine atingindo o chão com um estrondo ensurdecedor. Ele puxou um detonador, ativou-o e correu na direção do andador abatido, até que estivesse próximo o bastante para arremessar o explosivo pelo visor estilhaçado.

A explosão o arremessou de cabeça na vala. Levantando-se, um momento depois, ele e Cara olharam ao redor, observando o que restara do andador. Seu corpo maciço, outrora imponente, estava reduzido a uma pilha de destroços metálicos em chamas.

O efeito sobre os bandidos remanescentes foi quase imediato. Com o AT-ST destruído, de repente viram-se do lado perdedor da batalha. O Mandaloriano observou enquanto davam meia-volta e retornavam fugindo para a floresta, bramindo de desânimo com a rapidez com que perderam sua grande vantagem. Do outro lado do campo de batalha improvisado, Mando ouviu a ovação vinda dos aldeões, que erguiam as lanças acima das cabeças, comemorando a vitória.

Vocês mereceram, pensou ele, e olhou para Cara.

– Aquele era o plano?

Ela riu, ainda tentando recuperar o fôlego.

– Algo do gênero.

CAPÍTULO 15

OS DIAS QUE SE SEGUIRAM FORAM os mais pacíficos que Mando experimentara nos últimos tempos. Depois que a poeira baixou e o vilarejo voltou ao ritmo normal, Mando percebeu que estava se acostumando com o celeiro. Omera continuava fazendo com que se sentisse bem-vindo, e a Criança passava horas com Winta e os outros, brincando e caçando sapos.

Os dias foram passando e, uma tarde, ele e Cara Dune estavam fora do celeiro, observando a Criança capturar um sapo e colocá-lo na boca, de forma que as pernas compridas ficassem se debatendo e se contraindo entre seus lábios. As outras gemeram de nojo e deleite, e a Criança cuspiu o bicho, permitindo que pulasse para longe. Pouco depois, Omera juntou-se a eles para observar as crianças.

– Ele está muito feliz aqui – disse ela.

Mando assentiu.

– Está.

– Adaptou-se bem. – Ela sorriu e se afastou, dirigindo-se à lagoa de krill.

Cara olhou para o caçador de recompensas.

– Então, o que acontece se você tirar essa coisa? – perguntou ela. – Eles vêm atrás de você e te matam?

– Não – respondeu ele. – Só não poderia voltar a colocá-lo.

– Só isso? – a ex-soldado de choque encarou-o, incrédula. – Então, você pode tirar isso e ficar com aquela bela e jovem viúva, e criar sua criança sentado aqui bebendo spotchka?

Mando ficou em silêncio por um tempo.

– Sabe – disse ele. – Nós criamos um caos aqui. É ação demais para um vilarejo de fim de mundo como este. As notícias voam. – Olhou para ela. – Pode ser que a gente precise ir.

Cara apontou com sua caneca na direção das crianças, reunidas ao redor da Criança. – Não gostaria de ser eu a contar para ele – disse ela.

– Vou deixá-lo aqui – contou Mando. – Viajar comigo não é vida para uma criança. Eu fiz o meu trabalho. Ele está seguro. Vai ser melhor para ele.

– Ele vai ficar com o coraçãozinho partido – disse Cara, e tomou outro gole da caneca que segurava.

– Ele vai superar – garantiu Mando. – Todos nós superamos.

Antes que ela pudesse responder, ele levantou e deixou o alpendre, descendo até a lagoa onde Omera estava ajoelhada com o cesto de krill.

– Com licença – disse ele. – Podemos conversar?

– Claro. – Ela se levantou e o seguiu até longe dos outros. Quando Mando parou, percebeu que não sabia ao certo como começar a conversa.

– Este lugar é muito agradável.

– Sim – concordou Omera.

– Acho que está claro que o garoto... ele está feliz aqui.

Omera sorriu.

– E quanto a você?

– Eu?

– *Você* está feliz aqui? – Quando ele não respondeu de cara, ela respirou fundo. – Queremos que você fique. A comunidade está agradecida. Você pode deixar tudo preparado caso surjam problemas. – Seus olhos procuraram pelos dele atrás do visor, que refletia suavemente a luz do entardecer. – Você e seu menino podem ter uma vida boa. Ele poderia ser criança por um tempo. – A gentileza em sua voz parecia se misturar à sensação de paz que emanava daquele lugar, das pessoas que viera a conhecer, da liberdade que encontrara ali. – Não seria bom?

– Seria – disse Mando.

Omera levantou as mãos e tocou as laterais de seu elmo. Ele não a impediu de imediato, e nem por alguns segundos. Por fim, porém, ele segurou os pulsos dela e guiou suas mãos de volta para as laterais de seu corpo.

– Eu não... pertenço a este lugar – disse ele, olhando de relance para a Criança. – Mas ele sim.

Omera engoliu em seco e assentiu.

– Eu entendo – disse ela. – Cuidarei dele como se fosse um dos meus.

– Obrigado. – Ele deu um passo para trás. – Eu devo ir.

Estava se virando para partir, quando um disparo de blaster ressoou, assustando um bando de pássaros que fugiu voando das árvores próximas, arrancando-o de seus pensamentos e fazendo as crianças gritarem.

– *Vá pegar as crianças!* – gritou Mando para Omera, e sacou seu blaster, conferindo rapidamente se a Criança estava segura antes de correr para a floresta, na direção do disparo.

Ele avançou correndo por entre as árvores, então subiu uma inclinação. Alcançando uma área onde os galhos davam lugar a um espaço aberto, ele viu a silhueta de uma figura de pé no topo da colina, o blaster em punho.

Era Cara Dune.

O corpo que jazia a seus pés vestindo uma capa ainda exalava fumaça do buraco de blaster que ela causara, e um rifle de franco-atirador estava caído ao lado. Mando agachou-se e virou o corpo, olhando para a longa tromba e os óculos de proteção do caçador de recompensas Kubaz. Também viu o dispositivo de rastreamento, que ainda apitava com o alerta de proximidade. Cara o estava encarando.

– Quem ele está rastreando? – ela perguntou.

– O garoto.

Ela suspirou.

– Sabem que ele está aqui.

– Sim.

– Então, eles vão continuar vindo.

Só havia uma resposta para aquela afirmação.

– Sim – disse o Mandaloriano. – Ele pisou com força no dispositivo de rastreamento, esmagando-o contra a rocha até a luz vermelha se apagar.

As despedidas aconteceram ao lado do trenó de suprimentos que Mando abastecia para levar à *Razor Crest*. Cara juntou-se a Omera, Winta e aos outros aldeões que se reuniram enquanto ele terminara de carregar as provisões.

Cara deu um passo à frente.

– Até que nossos caminhos se cruzem – disse ela, estendendo a mão, que Mando segurou.

– Até que nossos caminhos se cruzem. – Ele relanceou Winta, que abraçava a Criança com lágrimas nos olhos.

– Eu vou sentir tanta saudade – disse a garotinha, e a Criança retribuiu o abraço, soltando um trinado baixinho. Quando Mando ergueu os olhos, viu Omera diante dele.

– Obrigada – disse ela. Por um momento, pareceu que ela diria mais alguma coisa, mas, no fim, o Mandaloriano apenas acenou, e ele e a Criança prepararam-se para partir.

Pouco depois, eles se foram.

CAPÍTULO 16

— ENTREGUE A CRIANÇA, MANDO, e pode ser que eu deixe você viver — crepitou a voz no comunicador da *Razor Crest*.

O Mandaloriano deu-se conta de que a outra nave já estava em sua cola, os canhões laser disparando próximos o bastante para que o impacto chacoalhasse a *Crest*. No segundo seguinte, um dos tiros atingiu o motor de estibordo, sacudindo a nave de um lado para o outro e fazendo a Criança gritar com um gemido sobressaltado. Alarmes soaram e luzes pulsaram na tela à sua frente enquanto os sistemas de diagnóstico da nave relatavam danos graves.

— Segure-se — disse Mando à Criança, ativando a artilharia da nave e realizando uma manobra evasiva. A outra nave se aproximava, partindo para o ataque. A voz do piloto retornou ao seu ouvido, soando arrogante e demasiadamente confiante.

— Posso levá-lo vivo, ou posso levá-lo morto.

Mando permitiu que o pretenso agressor se aproximasse. Em seguida, ativou os propulsores reversos e embicou a nave, descendo abruptamente, de forma que a outra nave passasse acima dele, próxima o bastante para refletir no flanco esquerdo da *Crest*. Em menos de um segundo, o Mandaloriano tinha o outro piloto em sua mira.

– Eu que digo isso – disse ele, puxando o gatilho.

Um repentino grito assustado ressoou no comunicador. A nave à sua frente explodiu, pulverizada em um milhão de fragmentos que logo desapareceram na escuridão circundante.

Recostando-se, fitou a Criança, que o encarava com olhos arregalados de espanto e – não havia como negar – um deleite entusiasmado.

– Não era para isso ser divertido – disse Mando. Os alarmes da *Crest* apitavam, e ele percebeu que os danos foram ainda piores do que pensara inicialmente. Alguns dos sistemas da nave já estavam falhando, e ela estava perdendo combustível. Logo, tudo deixaria de funcionar.

Ele desligou os motores, escutando-os engasgar ao parar, e voltou a acioná-los, fazendo com que os propulsores principais voltassem a funcionar... embora não parecessem muito promissores.

Abaixo, a paisagem marrom-avermelhada do planeta à distância tornava-se cada vez maior. Mando ligou seu comunicador, ouvindo uma voz que já estava sendo transmitida.

– Esta é a torre de Mos Eisley – disse a voz. – Estamos acompanhando-o. Dirija-se ao hangar três-cinco, câmbio.

– Entendido – respondeu Mando. – Percurso travado para três-cinco.

Quando pousou, o motor esquerdo tornou a engasgar, soltando uma fumaça preta preocupante. O que quer que houvesse de errado com os propulsores, parecia caro. Estendendo o trem de pouso, ele desceu a *Crest* na plataforma de aterrissagem, trancou a Criança em um compartimento protegido da nave e baixou a rampa para desembarcar.

A placa acima do hangar informou onde estava:

TATOOINE

No fim da rampa de desembarque, uma série de ruídos e chiados eletrônicos chamou sua atenção. Três droides enferrujados saltavam ansiosamente com as pernas finas em sua direção, segurando caixas de ferramentas como se já se preparassem para desmontar a nave e transformá-la em sucata.

Mando sacou seu blaster e deu um tiro de advertência. O trio aterrorizado gritou em uníssono, antes de se recolherem em suas conchas protetoras achatadas.

– *Ei!* – gritou alguém. Erguendo o olhar, viu uma mulher de cabelos castanhos encaracolados trajando um macacão caminhando em sua direção, um cinto de ferramentas balançando ao redor de sua cintura. – Se você danificar algum dos meus droides, vai ter que pagar.

– É só mantê-los longe da minha nave – disse Mando.

– Ah é? E você acha isso uma boa ideia, é? – A mulher o estudou, pensativa. – Vamos dar uma olhada nessa sua nave. – Aproximando-se da *Crest*, ela estendeu uma mão e bateu com o punho na parte inferior do casco. O Mandaloriano viu quando um pedaço de metal solto caiu no chão com um enorme estrondo. – Puxa, olha só pra isso – disse ela. – Muitas marcas de carbono, hein? Poderia até supor que esteve envolvido em algum tiroteio.

Mando não disse coisa alguma. Ela trouxera um instrumento de diagnóstico portátil para avaliar melhor os danos.

– Meu nome é Peli Motto – apresentou-se – já que você nem se preocupou em perguntar. Esta aqui é a minha oficina. Você não vai encontrar mecânico melhor no planeta. – Inclinou-se mais para a frente, examinando a parte inferior do motor. – É, vou ter que girar isso aqui. Tem um vazamento de combustível. Olha isso, tá uma zona. Como é que você pousou, hein? – Sem esperar por uma resposta, virou-se para Mando e foi direto ao ponto. – Isso aqui vai ficar caro.

– Eu tenho quinhentos créditos Imperiais – disse ele.

Motto pareceu não se impressionar com a pequena bolsa de dinheiro.

– Isso é tudo o que você tem? Bem... – Ela se virou para os droides de manutenção. – O que vocês acham, rapazes?

Os droides chiaram, olhando cautelosamente para o caçador de recompensas e mantendo distância.

– Bom, pelo menos deve cobrir o custo do hangar – disse Motto.

– Vou arrumar o dinheiro.

– Hum – disse ela. – Já ouvi isso antes.

– Lembre-se apenas de uma coisa... – começou Mando.

– Sim – disse ela. – Nada de droides. Eu ouvi, não precisa repetir.

Ele assentiu e deixou o hangar.

As ruas de Mos Eisley estavam quase vazias, como se o que quer que acontecera no planeta acabara há muito tempo. Habitações cor de arenito de um único andar situavam-se de frente umas para as outras em relativo silêncio.

Dobrando uma esquina e descendo a rua seguinte, Mando olhou para cima e viu uma série de elmos de stormtroopers Imperiais suspensos em estacas que se projetavam do solo, um monumento sinistro, e um lembrete de que o Império não mais dominava aquele planeta... talvez também uma advertência para quem pudesse pensar o contrário. Mais adiante, encontrou escombros da última escaramuça que ali ocorrera, equipamento danificado que parecia ter sido incendiado. Havia alguns habitantes ali, e uma porta que levava a uma cantina.

Ele atravessou a porta, adentrando a escuridão.

O interior mostrava-se praticamente vazio, com um par de droides de serviço preparando bebidas atrás do balcão e uma série de mesas ao longo da parede onde um punhado de pessoas – vagabundos e pilotos de diferentes espécies – conversavam em murmúrios. Havia um palco vazio, sem o menor sinal de músicos. Como a rua lá fora, parecia o tipo de lugar que já vira ação no passado, em outra vida; era fácil imaginar música alegre sendo tocada ali, o lugar cheio de atividade e intriga, promessas e ameaças. Mas não era mais assim.

– Ei, droide – disse Mando, aproximando-se do bar. – Sou um caçador. Estou procurando trabalho.

O droide não tirou o olhar do copo que estava limpando.

– Infelizmente, a Guilda dos Caçadores de Recompensas não opera mais em Tatooine – respondeu ele.

– Não estou procurando por trabalho da Guilda.

– Receio que isso não melhore sua situação – disse o droide –, pelo menos de acordo com os meus cálculos.

– Então, refaça as contas, lata velha – disse um homem em uma das mesas atrás de Mando.

O Mandaloriano virou-se para olhar o jovem sentado nas sombras, os pés apoiados sobre a mesa em um gesto de extrema autoconfiança.

– Se está procurando trabalho, sente-se, meu amigo. – Ele não esperou o Mandaloriano responder. – Meu nome é Toro, Toro Calican. – Gesticulou em direção ao assento vazio. – Vamos, relaxe.

Mando mal se sentara em frente a ele quando Calican bateu, com um floreio, um disco sobre a mesa, ativando o holograma.

– Peguei esse trabalho antes de deixar a Orla Média – disse o garoto, claramente satisfeito consigo mesmo. – Fennec Shand, uma assassina. Ouvi dizer que ela está fugindo desde que a Nova República colocou todos seus empregadores em confinamento.

Mando olhou para o rosto da mulher de traços frios e distantes, a expressão desprovida de misericórdia típica de uma atiradora, mesmo no holograma.

– Conheço o nome – disse ele.

– Sim, bem, eu segui este rastreador até aqui – disse Calican casualmente, erguendo-o para exibir a luz vermelha piscante. – Agora, os dados sugerem que ela está além do Mar das Dunas. Deve ser um trabalho fácil.

Mando levantou-se.

– Bem, boa sorte com isso.

Por um segundo, Calican ficou surpreso demais para falar.

– Espere, espere, espere. Ei, eu pensei que você precisava de trabalho.

– Há quanto tempo você está na Guilda?

– Tempo o bastante.

– Obviamente que não. – Mando apontou para o disco com a cabeça. – Fennec Shand é uma mercenária de elite. Ela fez seu nome matando para os principais sindicatos do crime. Incluindo os Hutts. – Seu olhar encontrou o do jovem. – Se for atrás dela, não vai passar do nascer do sol.

Mando começou a se afastar, já pensando em qual seria sua próxima parada. Mos Eisley pode ter sido uma cidade pacata sem muitos atrativos, mas sempre havia oportunidade para aqueles motivados o bastante para procurar. E ele precisava pagar pelos reparos e voltar a voar o mais rápido possível.

– Espere – Calican apelou.

Mando virou-se e viu que o jovem caçador o encarava de uma maneira diferente, toda a arrogância e a pose se esvaindo e revelando a inexperiência que tentara ocultar.

– Este é o meu primeiro trabalho – admitiu Calican. – Você pode ficar com o dinheiro, todo ele. Eu só... preciso concluir o trabalho para entrar na Guilda. – Ele balançou a cabeça. – Não vou conseguir sozinho.

O Mandaloriano não disse nada por um longo momento.

– Encontre-me no hangar três-cinco em meia hora – respondeu, por fim, e viu o garoto voltar a relaxar. – Leve dois deslizadores e me entregue o rastreador.

Calican estendeu o dispositivo, como se fosse colocá-lo na mão de Mando, e então o esmagou contra a parede. O sorriso retornou ao seu rosto, como se nunca o houvesse deixado.

– Não se preocupe – disse ele. – Eu tenho tudo memorizado. – O sorriso ampliou-se ainda mais. – Parece que agora estamos juntos nessa, parceiro!

– Meia hora. – Antes que o garoto pudesse dizer mais alguma coisa, Mando virou-se e foi embora.

CAPÍTULO 17

DEPOIS DE DEIXAR A CANTINA, Mando voltou para a *Razor Crest*, no hangar, e entrou em sua nave. Foi direto para o compartimento onde escondera a Criança.

Mas a Criança não estava lá.

Mando virou-se e desceu correndo a rampa da nave.

– Ei!

Dentro de seu escritório, Peli Motto endireitou-se e ergueu a cabeça, gritando:

– Estou acordada! Estou acordada!

– Onde ela está?

– Quieto! – Ela saiu, segurando a Criança e embalando-a em seus braços, e olhou feio para ele. – Você a despertou! Tem ideia de quanto tempo eu levei para fazê-la dormir?

– Entregue-a para mim.

Em vez disso, Motto se manteve firme e fuzilou-o com o olhar, com a Criança aninhada de forma protetora em seus braços.

– Não tão rápido! Você não pode simplesmente deixar uma criança sozinha desse jeito. – Ela fez uma careta de desaprovação e instinto maternal. – Sabe, você tem muito que aprender sobre como criar um filho.

O Mandaloriano baixou os olhos para a criança, que parara de chorar e fitava Motto, balbuciando contente em seus braços.

– Enfim – prosseguiu Motto –, comecei a reparar o vazamento de combustível. Tive alguns empecilhos que quero comentar contigo. – Passando a Criança habilmente para o braço esquerdo, ela mexeu no console da parede, abriu o painel de controle e digitou um código de diagnóstico. A Criança observou tudo com vívido interesse. – Sabe, eu não usei nenhum droide, como você pediu, então demorei muito mais do que esperava. – Ela olhou hesitante para o caçador. – Mas imaginei que você seria bom em arrumar dinheiro, já que tem mais uma boca para alimentar.

Mando lançou a vista novamente para a Criança, ouvindo-a arrulhar e balbuciar. O garoto parecia reconhecer que, quaisquer que fossem as motivações financeiras de Peli Motto, estaria seguro com ela.

– Obrigado – ele disse.

A seriedade em sua resposta pareceu surpreendê-la, mas apenas brevemente.

– Oh, bem, acho que eu estava certa – disse ela. – Você arrumou um trabalho, né? – Ele não precisou responder, mas ela o acompanhou para fora, ainda falando. – Sabe, só de manter esses droides ligados já me custa um bocado de dinheiro.

O Mandaloriano parou. À sua frente, Toro Calican estava ao lado de um par de deslizadores, que flutuavam sem esforço acima de suas próprias sombras. O jovem caçador estava apoiado em um dos veículos de braços cruzados, a cabeça inclinada para trás em uma pose que certamente praticara frente a uma centena de diferentes espelhos.

Ele apontou para os deslizadores.

– Ei, Mando, o que acha?

Ele inspecionou os veículos com cautela, sem esperar muito. Elas eram de segunda mão, na melhor das hipóteses, construídas com peças de reposição, mas chegariam ao Mar das Dunas.

– O que você esperava? – perguntou Calican, na defensiva. – Aqui não é Corellia – disse ele, referindo-se ao planeta conhecido pela fabricação de naves de primeira linha. Toro virou-se e acenou para Motto, que ainda estava lá, com a Criança no colo. – Senhora.

Peli Motto não disse nada, apenas o encarou com a expressão desconfiada de quem já vira muitos daquele tipo indo e vindo, mas Mando ouviu a resposta da Criança, uma risada alegre de divertimento, como se tudo aquilo – inclusive a postura de Toro Calican – fizesse parte de um desfile organizado unicamente para entretê-la.

Mando montou no veículo. Calican já ligara seu motor e saíra com ele rugindo rua abaixo, na direção do deserto. Pouco depois, o Mandaloriano juntou-se a ele, esperando não estar cometendo um erro.

Ele descobriria em breve.

CAPÍTULO 18

O DESERTO PARECIA NÃO TER FIM.

Para os arqueólogos que estudavam seu passado, o Mar das Dunas abrigava inúmeros segredos. O folclore afirmava que uma vez, há muito tempo, fora um mar de verdade, antes que os sóis gêmeos de Tatooine o secassem e o deixassem daquele jeito, centenas de quilômetros de areia escaldante que se estendiam para todos os lados. Ossos de criaturas há muito extintas cobriam as dunas e, abaixo deles, talvez houvesse antigos reinos que surgiram e desapareceram antes disso.

O Mandaloriano empurrou o acelerador para a frente, inclinando-se contra o vento. O deslizador tinha um desempenho melhor do que esperava, os motores realmente pareciam funcionar em velocidade máxima, como se apreciassem a oportunidade de cruzar tanto espaço aberto.

Em algum lugar naquele deserto estava seu alvo: Fennec Shand.

A reputação de Shand era inquestionável. Para aqueles que podiam pagar por seus serviços – senhores do crime, políticos corruptos e Hutts –, ela era uma mensageira da morte, um fantasma com um rifle de precisão. Quando você a visse, seria tarde demais.

Mando sabia que se falhassem em sua missão de capturá-la, Calican e ele nunca sobreviveriam. Shand se certificaria disso.

Desacelerando o deslizador, diminuiu a velocidade e parou. O garoto parou a seu lado e removeu seus óculos de proteção, olhando para ele.

– O que foi? – perguntou Calican.

Mando apontou.

– Veja. Lá na frente.

Calican desceu do veículo e puxou um par de macrobinóculos de sua mochila, direcionando-os para um par de banthas parados à distância.

– Povo da Areia – zombou ele. – Já ouvi os habitantes locais falando sobre esses selvagens imundos.

– Os Tusken dizem que eles é que são os habitantes locais – disse Mando. – Todos os outros são apenas invasores.

O garoto bufou, como se esperasse isso de uma espécie inferior.

– Bom, o que quer que pensem que são, é melhor manterem distância.

– Ah é? Por que você mesmo não diz isso pra eles?

Calican virou-se pronto para retrucar movido pela impulsividade, quando viu dois Tusken parados atrás dele, portando seus tradicionais gaderffii. O jovem arregalou os olhos, boquiaberto.

– Relaxe – disse Mando. Virou-se para os Tusken, erguendo as mãos e dirigindo-se a eles em linguagem de sinais.

– O que você está fazendo?

O Mandaloriano respondeu sem sequer dispensar um olhar para o jovem.

– Negociando.

– Negociando o quê? – O garoto olhava de um lado a outro, perplexo, enquanto o Tusken à sua frente respondia, a conversa prolongando-se silenciosamente. – O que está acontecendo?

– Vamos precisar de autorização para cruzar as terras deles – disse Mando. Pouco depois, virou-se para Calican. – Deixe-me ver seus binóculos.

– Por quê?

Sem se dar o trabalho de responder, Mando pegou os macrobinóculos, virou-se e jogou-os para o Tusken, que os apanhou habilmente e os guardou.

– Ei! – protestou Calican. – Eram novinhos!

– É, eram. – Mando montou novamente no deslizador, acelerou o motor e partiu, sem esperar que o garoto o seguisse.

Eles percorreram uma grande distância, chegando até a crista de uma duna elevada. Mando desligou o deslizador e desceu, gesticulando para Calican acompanhá-lo.

– Abaixe-se.

– O quê? Ah. – O garoto desmontou, rastejando para juntar-se a ele.

Agachados lado a lado, espiaram o vale aberto abaixo. O árido silêncio do deserto fora cortado pelo zurro fraco, mas inconfundível, de um animal vagando à meia distância.

– Muito bem – disse Mando. – Diga-me o que você vê.

– Um dewback – respondeu Calican, observando o lagarto rugindo, que arrastava um corpo atrás de si, em seu arreio, virado contra a areia. – Parece que quem o montava ainda está preso. – Ele olhou para Mando. – É ela? É o alvo?

– Não sei. – Mando sacou o blaster. – Vou lá ver. Você me dá cobertura. Fique abaixado.

Sem discutir, o rapaz assentiu e puxou a própria arma. Mando levantou-se e desceu a duna correndo, completamente exposto, em direção ao dewback.

Conforme se aproximava, o grande lagarto parecia ficar cada vez mais agitado, tentando afastar-se dele. Algo assustara a criatura, que sacudiu com mais força o corpo amarrado a ele, zurrando e grunhindo inquieto.

Mando ergueu uma das mãos.

– Calma, calma – disse ele, e chegou perto do corpo, ajoelhando-se para virá-lo e analisá-lo. O rosto do homem morto não lhe era familiar, mas estava bem equipado com tecnologia de navegação e sobrevivência, armas e equipamentos de rastreamento – ferramentas do ofício que o Mandaloriano reconheceu de imediato.

– É ela? – gritou Calican de trás da duna. – Está morta?

Mando ainda examinava o equipamento.

– É outro caçador de recompensas.

– Ei, espero que você não esteja pensando em pegar tudo isso para você – gritou Calican. – Posso ficar com aquele blaster, pelo menos?

Mando encontrou o dispositivo de rastreamento. Estava preso ao cinto do homem morto, piscando e apitando freneticamente. Todos seus sentidos se aguçaram, e subitamente o mundo pareceu ficar muito quieto. Ele se endireitou e virou-se rápido para o garoto.

– Abaixe-se! – gritou Mando, e o disparo do rifle veio rasgando a distância e o atingiu, derrubando-o no chão.

Ele se levantou e começou a correr a toda velocidade para a duna, a cabeça baixa e os pés lutando contra a areia fofa, já sentindo o alvo em suas costas. Se foi Shand quem efetuara o primeiro disparo, o intervalo entre os tiros não foi de hesitação – ela estava simplesmente levando o tempo necessário para tê-lo na mira.

Bam! O próximo tiro o atingiu diretamente nas costas, arremessando-o sobre a crista da duna e fazendo-o rolar para o outro lado.

– Mando! – gritou o garoto. Ele parecia assustado, mas ao mesmo tempo animado, pronto para agir, mas sem saber o que estava acontecendo.

Mando retomou o fôlego e rastejou para se juntar a ele. A armadura absorvera o impacto do blaster e salvara sua vida, mas a força do tiro ainda teria que ir para algum lugar. Sentiu-se como se estivesse de volta a Arvala-7, sendo atirado de um lado para o outro pelo lamoceronte.

– O que houve? – perguntou Calican.

– Disparo de franco-atirador. – O Mandaloriano olhou de volta para onde estivera um momento antes. – Somente um rifle MK modificado poderia dar um tiro desses.

O garoto o encarou.

– Você está bem?

– Sim. Atingiu o beskar – disse ele. – Àquela distância, o beskar resistiu.

– Espere. – Calican piscou de perplexidade. – Eu não uso beskar.

– Não.

– Então, o que fazemos?

– Você viu de onde partiu aquele tiro?

– Sim. – O garoto apontou. – Veio daquele cume.

– Certo. – Mando formulava o plano em sua mente. – Vamos esperar até escurecer.

– Mas e se ela fugir?

– Ela está em terreno mais elevado. Vai aguardar até que façamos o primeiro movimento. – Levantando-se, Mando desceu pelo lado protegido da duna até onde estacionara o deslizador. – Vou descansar. Você fica de guarda no primeiro turno. – Rememorou o entusiasmo mais cedo na voz do garoto quando o tiroteio começara, o instinto dos novatos de reagirem primeiro e pensarem depois. – Continue abaixado.

O tempo avançou lentamente, as sombras arrastando-se pelas ondulações da areia enquanto os sóis gêmeos de Tatooine baixavam no horizonte, assumindo tons misturados de laranja, vermelho e roxo e, por fim, desaparecendo completamente. A escuridão que se seguiu a princípio foi fresca, depois se tornou espantosamente fria.

No escuro, Mando abriu os olhos e despertou do que não fora exatamente sono. Calican, porém, claramente achava que ele estava cochilando. O garoto estava descendo a duna, falando tão alto que o caçador mais velho poderia pensar que o jovem quisesse que Shand o escutasse.

– Certo, os dois sóis se puseram. Hora de ir, Mando.

Mando não se moveu, deixando que o garoto se aproximasse.

– Olhe só para você – zombou Calican, com desprezo na voz. – Dormindo em serviço, meu velho. – Rindo, deu um passo para trás, então fez um movimento rápido, sacando o blaster e apontando com um sorriso no rosto, antes de girá-lo em seu dedo e fazer uma pose.

Mando virou-se para ele:

– Já terminou?

– Hã? – O sorriso desapareceu e o blaster voltou para o coldre. – Sim, sim. Eu só estava, você sabe, acordando você. Vamos.

O Mandaloriano se levantou.

– Suba no deslizador – disse ele e apontou. – Dirija o mais rápido que puder em direção àquelas rochas.

– Esse é o seu plano? – bufou Calican. – Ela vai atirar na gente enquanto estivermos pilotando.

Mando enfiou a mão na mochila e tirou um pequeno dispositivo retangular. Jogou-o para o garoto.

– É uma carga luminosa – disse ele. – Vamos alternar os tiros. Isso vai cegar qualquer mira telescópica temporariamente. Combinamos isso com nossa velocidade e teremos uma chance.

– Uma *chance*?

– Ei, foi você que quis fazer isso – lembrou-o Mando. – Prepare-se.

Eles aceleraram os deslizadores e passaram sobre a duna.

No início, o plano correu às mil maravilhas. Avançando rapidamente para as rochas, Mando ergueu um braço e disparou para o alto sua carga luminosa, liberando um pulso de energia cegante que perfurou a escuridão, projetando sombras com ângulos e formatos estranhos no chão abaixo deles. Com a luz, pôde ver o garoto ao seu lado de canto do olho e indicou com a cabeça.

– Vai.

Calican usou a sua carga luminosa. Mais uma vez, o céu noturno estremeceu e pulsou com a intensa luz branca. Eles continuaram avançando, os veículos rugindo, ainda ganhando velocidade. As rochas estavam mais próximas, e Mando pensou ter visto uma silhueta com um rifle de atirador e o capacete à meia distância, tentando se posicionar para disparar.

Mas a próxima carga luminosa de Calican nunca chegou ao céu. Por algum motivo, ela falhou, dando piruetas e girando loucamente no ar antes de desaparecer em meio às dunas. Era tarde demais quando Mando percebeu as implicações daquilo. A falha da carga dera a Shand o intervalo de que precisava – escuridão por tempo suficiente para que calculasse a trajetória e conseguisse mirar.

Bam!

Ele ouviu o disparo ao mesmo tempo em que sentiu o impacto, que o arremessou do deslizador para a areia. O veículo seguiu adiante sozinho, por um tempo, antes de desaparecer em algum lugar na escuridão.

Caído na areia, Mando teve presença de espírito suficiente para levantar um dos braços e disparar uma nova carga luminosa, pouco antes de Shand poder dar o tiro fatal. Ou assim ele pensou.

O disparo o acertou em cheio no peito e, por um momento, tudo se desfez num vazio escuro e frio. Pouco depois, ele se sentou, a cabeça girando, ouvindo grunhidos e resmungos, sons de socos e chutes não muito distantes. Pelo jeito, Calican estava levando uma surra.

Mando sacou o blaster e se aproximou, apontando-o para Shand.

– Bela distração – disse ele ao rapaz.

Quando Fennec Shand percebeu o que acontecera, parou de lutar e levantou as mãos. Calican levantou-se e recuperou o fôlego.

– Sim – disse ele, e acenou para Mando. – Bom trabalho, parceiro.

O Mandaloriano não desviou o olhar de Shand. Jogou um par de algemas próximo de onde ela ainda estava ajoelhada.

– Coloque-as – disse ele. Quando ela o fez, ele olhou para Calican. – Por que não vai procurar o seu blaster?

O garoto afastou-se sem falar nada. Depois de ele ir, Shand ergueu a vista para Mando, encarando-o com interesse.

– Um Mandaloriano – disse ela, pronunciando a palavra como se fosse o nome de uma espécie exótica. – Faz tempo que não vejo um de vocês. – Um leve sorriso surgiu em seu rosto. – Já esteve em Nevarro?

Ele não respondeu.

– Ouvi dizer que as coisas ficaram feias por lá – disse Shand, casualmente –, mas parece que você se saiu bem. Nem um único arranhão nesse seu novo beskar. Bem – ela apontou com a cabeça para as marcas de blaster que seus disparos deixaram na armadura do caçador –, talvez uma ou duas marcas.

– Você não terá que se preocupar em chegar a Nevarro ou a qualquer outro lugar, assim que a entregarmos – disse Calican, aproximando-se, limpando a areia de seu blaster e guardando a arma no coldre. Ele a fitou na escuridão. – Sabe, eu deveria lhe agradecer. Você é meu ingresso para a Guilda.

– Por nada – respondeu Shand, secamente.

Os três caminharam até o único deslizador que sobrara, e Mando ouviu-a soltar uma risadinha.

– Ops. Parece que um de nós terá que caminhar.

– Ou podemos arrastá-la – ameaçou Mando. Ele fez um sinal ao garoto para que o seguisse e uma vez distantes o suficiente para que Shand não os escutasse, conversaram em voz baixa.

– Tudo bem – disse Calican. – Qual é o plano?

– Preciso que você encontre aquele dewback que vimos – disse-lhe Mando.

O garoto ergueu as sobrancelhas de incredulidade.

– E deixá-lo aqui, com a minha presa e o meu transporte? – Balançou a cabeça. – É, acho que não, Mando.

O Mandaloriano virou-se para contemplar o deserto, considerando suas opções.

– Certo – disse. – Eu mesmo farei isso. – Olhou de volta para Shand. – Fique de olho nela e não a deixe chegar perto do deslizador. Não nos valerá de nada se estiver morta.

Depois que o Mandaloriano foi embora, Toro Calican sentou-se no veículo remanescente, aguardando, enquanto Shand permaneceu em seu lugar no chão. A noite parecia durar para sempre. No começo, imaginou que ela tentaria escapar, mas depois de um tempo percebeu que seria tão entediante quanto temia. Todo o glamour do trabalho acabara. Só lhe restava esperar.

Esperar e receber o pagamento.

Por fim, ao romper do amanhecer no deserto, Shand suspirou e se espreguiçou.

– Oh, veja, os sóis estão nascendo – disse ela.

Calican não ergueu os olhos de suas botas.

– Quieta.

– Seguinte, ainda dá tempo de eu ter minha reunião em Mos Espa – disse ela. – Leve-me até lá e eu lhe pagarei o dobro da recompensa pela minha cabeça.

Ele bufou.

– Não me importo com o dinheiro.

– Então, o Mandaloriano ficará com todos os créditos? – perguntou ela. – É essa a sua ideia de um acordo justo?

– Eu contratei Mando. Este trabalho é meu. – Calican olhou para ela. – Entregar você vai me tornar um membro pleno da Guilda dos Caçadores de Recompensas.

Shand levantou as sobrancelhas.

– Você já tem algo consigo que a Guilda valoriza muito mais do que a mim – disse ela. – Só não percebeu, ainda.

– O quê?

– O Mandaloriano. A armadura dele por si só já vale mais do que a recompensa por mim. E pense no que isso faria pela sua reputação. – Ela esperou que ele juntasse as peças sozinho. – Um Mandaloriano traiu a Guilda em Nevarro. Pegou algo de grande valor e fugiu.

Calican deixou de se preocupar em não mostrar interesse, e apontou para o deserto com o blaster.

– *Aquele* Mandaloriano?

– Não se vê muitos por aí – disse Shand. – Leve o traidor para a Guilda, e eles o receberão de braços abertos. Seu nome será uma lenda.

Calican desceu do deslizador e aproximou-se dela.

– Como podemos ter certeza de que é ele? – perguntou.

– Dizem que ele ainda carrega o que roubou com ele – contou Shand. – Alguns falam que é uma criança. – Ela inclinou-se para a frente. – Olha, se estiver com receio de enfrentá-lo, não tema. Posso ajudá-lo com isso. – Ela percebeu que ele ouvia com atenção, prestes a tomar uma decisão. – Quer ser um caçador de recompensas? Ouça um conselho. Faça o que for melhor para você, e sobreviva.

Calican respirou fundo, guardou o blaster e aproximou-se ainda mais. Shand levantou-se para recebê-lo, estendendo os braços para que ele lhe tirasse as algemas.

Ele deteve-se, estudando-a, então voltou a sacar o blaster e atirou, acertando-a bem no peito. Shand emitiu um som de asfixia quase inaudível. A princípio, o choque foi maior que a dor. Mas depois veio a dor.

– É um bom conselho – Calican estava dizendo, parecendo estar distante –, mas se eu tirasse essas suas algemas, seria um homem morto. – Ele assentiu. – E se o Mandaloriano vale mais do que você, quem não iria gostar de ser uma lenda? – Um leve sorriso repuxou o canto de sua boca. – Obrigado pela dica.

A última coisa que Fennec Shand viu antes de sua consciência se desfazer foi o garoto afastar-se e montar no deslizador, e então avançar em direção ao horizonte.

Rastrear o dewback no escuro levou mais tempo do que Mando previra. Só conseguia pensar em quanto tempo o garoto teria demorado. Quando finalmente alcançou o grande lagarto e voltou montado para o cume, o deslizador sumira.

Mando ficou ali montado nas costas do dewback por um tempo, olhando para o corpo de Fennec Shand, ainda algemado, largado imóvel no chão.

Mando suspirou. Em seguida, deu meia-volta com a criatura e começou a longa viagem de volta.

CAPÍTULO 19

CHEGANDO EM MOS EISLEY, o Mandaloriano dirigiu-se ao hangar e viu o deslizador do garoto parado do lado de fora, em frente. Ele parou e observou o veículo.

Sacou seu blaster e entrou devagar no hangar silencioso. A *Razor Crest* estava lá, a rampa abaixada, mas não havia sinal de Peli Motto, dos droides mecânicos nem de mais ninguém. Mando dobrou devagar uma esquina, tentando ouvir o som de passos ou de respiração.

Nada. À sua esquerda, ouviu um apito frenético, e viu um dos droides de Motto apressar-se até a proteção de seu escritório, onde os outros dois já estavam se escondendo. Mando caminhou até o centro da doca, o blaster ainda empunhado à sua frente.

– Você demorou bastante, Mando. – A voz do garoto partiu da entrada da *Crest*. Quando o Mandaloriano olhou, a primeira coisa que viu foi Peli Motto saindo das sombras. Ela tinha o semblante tenso e assustado, e atrás dela ele viu o rosto da Criança, o brilho do medo naqueles olhos enormes parecendo flutuar na escuridão. Por fim, Calican se revelou, e Mando viu que ele carregava a

Criança em uma das mãos e apontava o blaster para as costas de Motto com a outra. Calican desceu o restante do caminho até que os três estavam de frente para Mando.

– Parece que sou eu quem dá as ordens agora, hein, parceiro? – perguntou ele. – Largue a arma e levante as mãos.

Mando jogou o blaster no chão, então ergueu os braços, colocando-os acima da cabeça. Pôde ouvir a Criança soltar um gemido baixo de preocupação.

– Algeme-o – ordenou Calican a Motto.

Ela resmungou contrariada e avançou para prender as algemas nele, enquanto o jovem caçador de recompensas apontava o blaster para a cabeça do Mandaloriano.

– Você é um traidor da Guilda, Mando – disse Calican, e indicou a Criança em seu braço. – E eu poderia apostar que este aqui é o alvo que você ajudou a escapar.

O Mandaloriano não respondeu. O garoto estava tão absorto em seu discurso ensaiado, em seu grande momento de triunfo, e tão detido no que dizia que não percebeu a carga luminosa na mão de Mando. Mas Peli Motto a viu quando postou-se atrás dele para colocar-lhe as algemas, e ele a ouviu sussurrar:

– Você é mais esperto do que parece.

– Fennec estava certa – prosseguiu Calican. – Levar você de volta não apenas vai fazer eu me tornar membro da Guilda – sua voz adotou um tom suave –, vai me transformar numa *lenda*.

Ele apontou diretamente para o rosto de Mando.

Mando ativou a carga luminosa.

O hangar inteiro foi tomado por um pulso de luz cegante.

Calican gritou, surpreso, estremecendo, e recuou pela rampa da *Crest*, mirando freneticamente pelo hangar enquanto esperava seus olhos se acostumarem. Mas quando sua visão finalmente clareou, o Mandaloriano não estava lá. Ele disparou aleatoriamente, não acertando coisa alguma.

Mando apareceu, levantou seu blaster e puxou o gatilho. Bastou um único tiro. Toro Calican tombou e desabou da rampa, caindo de cara no chão do hangar.

Mando manteve seu blaster empunhado.

– Não chegue perto – disse ele enquanto se aproximava do corpo, mas Peli Motto não estava escutando.

– Preciso encontrá-la – disse ela enquanto o Mandaloriano rolava o corpo de Calican para cima. Por um momento, ambos permaneceram imóveis, confusos. A Criança sumira.

– Onde ela está? – perguntou Motto.

Atrás deles, Mando ouviu um gorgolejo suave. Olhou ao redor e viu uma longa orelha pontuda projetando-se de trás de algum equipamento, enquanto a Criança os espiava de seu esconderijo.

– Aí está você – disse Motto, ajoelhando-se diante dela. A Criança respondeu com uma série de arrulhos de felicidade e levantou os bracinhos. – Estava se escondendo da gente? Hein? – Ela o recolheu do chão. – Está tudo bem. Eu sei, foi um barulhão para essas suas orelhonas, não foi?

Enquanto ela aninhava a Criança e assegurava que tudo ficaria bem, Mando abaixou-se sobre o corpo de Calican. O garoto era vítima dos próprios erros, todos levando a um último, e fatal, erro de julgamento. Ele fora ganancioso, mas foi a imprudência que o levara à morte.

Mando retirou a bolsa de dinheiro do bolso do garoto, sentiu o peso dela em sua mão, e caminhou até Motto, que segurava a Criança no colo.

– Cuide bem dela – ela disse, passando a criança balbuciante para os braços do caçador de recompensas. Então, sua voz assumiu um tom mais duro, retornando ao som mais familiar de uma mecânica de um lugar remoto. – Então, imagino que não tenha recebido seu pagamento.

Mando ergueu a bolsa de dinheiro e a entornou, enchendo as mãos de Motto até que transbordassem com créditos.

– Isso cobre a minha dívida?

O olhar espantado no rosto da mecânica seria resposta suficiente, mas ela conseguiu formar as palavras:

– Sim. Sim, isso cobre as suas dívidas.

Enquanto subia a bordo da *Razor Crest* pela rampa de embarque carregando a Criança, Mando ouviu Motto, ainda próxima do corpo de Calican, gritar:

– Muito bem, droides, vamos arrastar essa coisa daqui! – Um dos droides emitiu um bipe de questionamento. – Eu não sei, arrastem até o Cânion do Mendigo!

No interior da cabine, Mando acionou os motores e os escutou ligar com o familiar e reconfortante ruído. Motto fizera um bom trabalho – se é que fora ela, e não os droides, a realizar os reparos. De qualquer forma, o resultado falava por si só, e em pouco tempo estariam no espaço.

CAPÍTULO 20

— MANDO — DISSE O HOMEM BARBADO. — É você aí dentro desse balde?

O Mandaloriano olhou para o rosto sorridente e malcuidado emoldurado por cabelos grossos, os olhos brilhantes e a mão estendida.

— Ran — disse ele, e pegou a mão do homem, cumprimentando-o.

— Não tinha certeza se o veria novamente por estas bandas — disse Ranzar Malk, ainda sorrindo. Eles estavam na doca do Poleiro, a estação espacial onde Mando chegara procurando por trabalho. — É bom vê-lo. Para ser sincero, fiquei surpreso quando você me contatou. Porque eu... ouvi umas coisas. — Ran levantou uma sobrancelha e baixou a voz, transmitindo sigilo. — Parece que as coisas entre você e a Guilda não estão dando muito certo?

— Vou ficar bem — disse Mando, o tom de sua voz inalterável.

Ran deu de ombros.

— Certo — disse ele. — Você conhece a política. Nada de perguntas. E você... — o sorriso retornou, e ele pousou a mão amigavelmente no ombro de Mando —, você é bem-vindo aqui a qualquer momento. – Ele gesticulou na direção de uma passarela elevada. – Venha, vamos dar uma volta.

O Mandaloriano o acompanhou pela passarela, os dois passando por caças e cargueiros parados para manutenção. Faíscas saltavam de máquinas de solda e de ferramentas elétricas, levantando nuvens de fumaça malcheirosas. Aquele era um lugar bastante ocupado, e não faltavam naves aguardando reparos.

– Então, qual é o trabalho? – perguntou Mando.

– Bom – disse Ran. – Um de nossos colaboradores entrou em conflito com alguns concorrentes e acabou sendo pego. Estou juntando uma equipe para libertá-lo. Já tenho quatro. – Virou-se para encarar Mando. – Tudo o que preciso é de uma carona, e você a trouxe.

Eles pararam de andar. O caçador de recompensas olhou para sua nave na plataforma abaixo.

– A nave não era parte do acordo – ele disse.

– Bem, a *Crest* foi a única razão de eu tê-lo deixado voltar aqui. – A expressão aparentemente animada de Ran não mudara. – Que cara é essa? De gratidão? – Ele riu. – Uhum, eu acho que é.

Ele ainda ria quando virou e se afastou.

Lá embaixo, o Mandaloriano conheceu o restante da equipe de Ran, começando por um homem careca com um sorriso maldoso chamado Mayfeld, que usava um blaster prostético fixado a uma articulação em seu ombro, onde poderia ter certeza de que todos o veriam.

Mayfeld olhou Mando de cima a baixo, indiferente, antes de voltar-se para Ran.

– Esse é o cara de quem você me falou?

– Mando e eu costumávamos trabalhar juntos no passado – contou Ran. – Éramos todos jovens, tentando fazer nossos nomes, mas andar com um Mandaloriano – disse, olhando para Mando – foi o que nos rendeu alguma reputação. – Soltou uma risada áspera e nostálgica. – Nós nos metemos em algumas encrencas, não?

– Isso foi há muito tempo – disse Mando.

– Bem, eu não saio mais – disse Ran –, então Mayfeld estará no comando deste trabalho. – Sua voz adotou um tom de seriedade. – Se ele disser algo, é como seu eu tivesse dito. Tudo bem para você?

– Me diga você – disse Mando, e observou a reação de Mayfeld, as sobrancelhas do homem levantando-se.

Ran irrompeu numa gargalhada.

– Você não mudou nadinha.

– Bom, por aqui as coisas mudaram bastante – Mayfeld vociferou, e virou-se com altivez para se afastar, certificando-se de que Mando visse que não tinha pressa.

– Mayfeld é um dos melhores atiradores que já vi – disse Ran. – Costumava ser um atirador de elite Imperial.

– Isso não quer dizer muita coisa – respondeu Mando.

Mayfeld olhou por cima do ombro.

– Eu não era um stormtrooper!

Ran lançou a vista para seu velho amigo com outra risada sentida.

– Não é preciso muito, não é? – disse ele. – Venha, você também precisa conhecer os outros.

Próximo da *Razor Crest*, Mando viu-se cercado pelos outros membros da equipe – o enorme e nada amigável Devaroniano chamado Burg; o droide de olhar insetoide de nome Zero; e, na retaguarda, uma Twi-lek de pele roxa, cuja voz Mando reconheceu antes mesmo de ver seu rosto.

– Olá, Mando – disse ela.

– Xi'an – cumprimentou ele.

– Diga-me por que eu não deveria acabar com você bem aqui? – perguntou ela, saltando contra ele, a adaga empunhada, pressionando-a sob seu elmo.

Ele não recuou.

– Fico feliz em revê-la também – disse ele, e os outros pararam de rir quando Xi'an aproximou-se mais, virando a cabeça e estalando a língua.

– Senti *saudades* – sussurrou ela, focando a vista no visor do Mandaloriano como se pudesse enxergar mais do que apenas seus próprios olhos refletidos encarando-a de volta. Ou talvez aquilo fosse tudo o que ela desejava ver.

Mayfeld reuniu o grupo e revisou o plano.

– O pacote está sendo levado em uma nave de transporte fortificada – disse ele, indicando a tela holográfica que ativara diante de si. – Teremos uma janela de tempo limitada para embarcar, encontrar nosso amigo e tirá-lo de lá antes que eles saltem no hiperespaço.

Mando analisou o diagrama tridimensional flutuando abaixo de si e reconheceu a planta.

– Esta é uma nave-prisão da Nova República – ele disse, e olhou para Mayfeld. – Seu homem não foi capturado por um sindicato rival. Ele foi *preso*.

– E daí? – perguntou Mayfeld.

Ran encarou Mando.

– Trabalho é trabalho – lembrou-o.

– Este é um transporte de segurança máxima – disse Mando. – Não estou procurando por esse tipo de risco.

– Por que você acha que nós estamos usando a *Razor Crest*? – questionou Ran. – Pode não parecer grande coisa, mas ela está fora dos registros do Império e da Nova República. É como um fantasma. Nunca a verão chegando.

Eles aguardaram enquanto Mayfeld explicava o restante.

– Vamos sair do hiperespaço próximos o bastante para ficarmos no ponto cego da nave – explicou ele. – Teremos tempo apenas para embaralhar o sinal deles.

– Isso não é possível – disse Mando. – Nem mesmo para a *Crest*.

Ran abriu um sorriso e gesticulou para o droide.

– É por isso que ele vai pilotar. – Antecipando a resposta do Mandaloriano, ele ergueu uma mão. – Eu sei que você é um bom piloto, mas desta vez vamos precisar de você no gatilho, não nos controles. Zero pode não ser perfeito, mas é o melhor.

Mando esperou que Zero embarcasse junto com o restante da equipe, até que pudesse ficar a sós com Ran, na base da rampa de embarque.

– Como pode confiar naquilo? – perguntou Mando.

– Você me conhece, Mando – disse Ran. – Eu não confio em ninguém.

O caçador começou a subir a rampa da nave, e ouviu Ran falar de trás dele:

– Como nos velhos tempos, hein, Mando?

O Mandaloriano olhou ao redor e não disse nada. Estendendo a mão, apertou o botão para recolher a rampa e fechar a escotilha, depois observou enquanto o rosto barbudo de Ran, ainda sorridente, desaparecia. Ele pôde ouvir os motores acelerando e percebeu que isso queria dizer que o droide já estava na cabine, iniciando a programação prévia para o voo.

Para o bem ou para o mal, estava na hora de partir.

CAPÍTULO 21

A CONFUSÃO COMEÇOU QUANDO o Devaroniano tentou tirar o elmo de Mando.

Eles tinham acabado de saltar para o hiperespaço, e Zero estava pilotando, o que significava que ninguém tinha nada melhor para fazer além de ficar esperando no andar inferior. Mando os flagrara fuçando seu arsenal, e Mayfeld dissera a Burg que era hora de ver como era o Mandaloriano por detrás do capacete. Quando o Devaroniano tentou agarrá-lo para tirar-lhe o elmo, Mando o esmurrou com força no rosto, sabendo que precisaria desferir quantos socos pudesse no começo da briga para sair com alguma vantagem. De outra forma, não seria uma briga – Burg simplesmente o pegaria e quebraria ao meio.

Aquilo não aconteceu, mas somente porque o Devaroniano caiu para trás e acertou o botão de controle na parede, abrindo a escotilha às suas costas. Houve um ruído breve, e o caçador de recompensas ouviu a Criança trinar, surpresa.

Todos pararam.

– Opa – Mayfeld encarou a Criança, que se levantava. – O que é *isso*? – Relanceou Mando, os olhos brilhando, e depois de volta à Criança. – O que é isso, um bicho de estimação ou algo assim?

– É – concordou o Mandaloriano, cautelosamente. – Algo do tipo.

Mayfeld assentiu, como se finalmente tivessem encontrado um assunto em comum.

– Eu nunca fui muito de ter bichos de estimação. Quer dizer, eu tentei, mas não deu certo. Mas estou pensando... – ele abaixou os braços e pegou a Criança, levantando-a –, talvez tente novamente com essa coisinha aqui. – Ele olhava para Mando, com a Criança diante de si, e abriu as mãos, fingindo que a deixaria cair.

Mando não se moveu. Mayfeld esperou para ver o que aconteceria, pensando que se o caçador de recompensas tentasse qualquer coisa haveria uma parcela maior para ele e os outros dividirem entre si, além de poderem voltar para casa com a nave. Ran ficaria feliz em tê-la.

– Estamos deixando o hiperespaço agora – soou a voz de Zero pelo comunicador da nave. Era hora de trabalhar.

– Iniciar extração agora – informou o droide.

Fora um pouso complicado, turbulento o bastante para sacudi-los de um lado para o outro e jogá-los para trás enquanto Zero realizava a acoplagem com a outra nave. O Mandaloriano levantou-se e ouviu a voz de Mayfeld atrás dele.

– Certo, temos um trabalho a fazer – disse o homem. – Mando, sua vez.

O Mandaloriano abaixou-se sobre a escotilha ventral da *Crest* e ajustou um cabo no conector da outra nave, trancada por dentro, para burlar a segurança. A luz vermelha do painel tremeluziu de maneira intermitente enquanto o sistema fazia uma varredura buscando pelo código de segurança da nave-prisão. Com o código decifrado, a luz do painel ficou verde, e a escotilha abriu-se com o ruído abafado de vácuo.

Rápido assim, eles invadiram.

O interior da nave-prisão era um labirinto deserto de longos corredores brancos, com celas dispostas lado a lado, que se estendiam em diferentes sentidos, completamente vazios, exceto por um par de droides de patrulha. Mayfeld ativou o comunicador.

– Zero, leve-nos até a sala de controle.

– Subnível três – respondeu prontamente o droide do interior da *Crest*. – Desativando vigilância de bordo.

– Muito bem – disse Mayfeld –, temos pouco tempo. Assim que enfrentarmos aqueles droides, eles virão para cima da gente.

– Sei o que fazer – disse o Mandaloriano.

Com o blaster empunhado, o homem careca avançou pelo corredor, liderando enquanto os demais o seguiam silenciosamente. Eles passaram por celas onde os prisioneiros dependuravam suas mãos pelas barras, encarando-os e produzindo ruídos curiosos.

– Não gosto disso – disse Mando.

– Você sempre foi paranoico – zombou Xi'an.

Mayfeld ergueu uma sobrancelha.

– É verdade, Mando? Você sempre foi *paranoico*?

À esquerda deles, algo dentro de uma das celas rugiu e jogou-se contra a porta com força o bastante para fazê-los se afastarem – exceto Xi'an, que se inclinou para a frente e sibilou de volta, fazendo Burg gargalhar. A voz de Zero voltou a soar através do comunicador.

– Aproximando-se da sala de controle – comunicou o droide. – Virem à esquerda na próxima junção.

Quando fizeram a curva no corredor, um pequeno droide de reparos atravessou rapidamente o caminho à frente deles.

– É apenas um ratinho – disse o Devaroniano, sacando seu blaster e ocultando-o em suas costas. – Vem aqui, ratinho...

O droide hesitou e começou a recuar, e Burg rosnou. Puxando seu blaster, atirou, explodindo em pedaços o droide.

– O que está fazendo? – disse Mayfeld. – Você vai...

Mas era tarde demais. O corredor diante deles foi tomado por quatro droides de segurança, que avançaram contra os invasores, seus blasters disparando. Mando e os outros encostaram nas paredes buscando cobertura, mas era quase impossível tentar revidar os tiros sem ficarem expostos. O blaster prostético de Mayfeld, fixado na articulação de seu ombro, estendeu-se e começou a disparar, mas os droides continuavam atacando.

– Vamos lá, Mando! Era pra você ser algo especial. – Mayfeld balançou a cabeça, desapontado. – Eu *sabia*.

Então, o Mandaloriano avançou correndo, abaixando-se no último segundo para deslizar, atingindo os droides por baixo e derrubando um deles. Ele se levantou num salto, agarrou o droide mais próximo e bateu a cabeça dele contra o chão, depois disparou seu cabo contra outro deles e puxou, arrancando-o de onde estava e arremessando-o contra a parede oposta. Os outros tentaram reagir, mas seus corpos mecânicos eram grandes demais e desajeitados para aquele tipo de combate em ambientes apertados. Ainda estavam tentando se reagrupar quando o Mandaloriano arrancou uma parte da proteção peitoral de um deles, girou-a e a atirou contra a cabeça de outro, empalando-a. A luta terminou quando ele usou um giro cortante para decapitar o droide remanescente atirando a cabeça metálica no chão...

E, então, dois outros droides surgiram, com as armas apontadas. O caçador de recompensas atingiu-os com seu lança-chamas, incinerando o corpo de um deles e disparando seu blaster contra o outro.

No silêncio, Mando pôde ouvir os prisioneiros gritando e comemorando em suas celas. Não era todo dia que tinham o prazer de ouvir pelo menos meia dúzia de droides de segurança sendo despedaçados. Mayfeld parecia menos impressionado. Passou pelo Mandaloriano com os outros por cima dos pedaços de droides espalhados pelo chão.

– Certifique-se de arrumar essa sua bagunça – resmungou Mayfeld.

Mas quando eles alcançaram a sala de controle, a bagunça aumentou ainda mais.

– Era para ter apenas droides nesta nave – disse Mando, quando se depararam com um guarda ansioso, e muito humano, que apontava seu blaster contra eles. Na outra mão, segurava um sinalizador de segurança, e todos sabiam o que aquilo significava. Uma vez que o dispositivo fosse ativado, as forças de ataque da Nova República se encaminhariam até a origem do sinal e encerrariam aquele trabalho abruptamente, junto com suas vidas.

Foi Mando quem primeiro se pronunciou.

– Abaixe isso – disse ao guarda, cuja expressão aterrorizada indicava apenas sinais vagos de que estava escutando. – Não estamos aqui por você. Viemos pelo prisioneiro.

O guarda não se moveu. Mayfeld também não abaixou seu blaster. Foi Xi'an quem encerrou o impasse, nocauteando-o e derrubando-o no chão.

– Por que vocês não se calam? – disse ela.

Mayfeld baixou os olhos para o sinalizador caído no chão, onde o guarda o soltara. Estava piscando.

– Aquela coisa já estava piscando antes? – perguntou ele, a voz trêmula. – Já *estava*?

A voz de Zero soou pelo comunicador, respondendo à questão.

– Detectei um sinal de rastreamento da Nova República – informou o droide – dirigindo-se para sua localização atual. Vocês têm aproximadamente vinte minutos.

Xi'an inclinou a cabeça para o lado e lambeu os lábios, seus olhos brilhando de empolgação.

– Só precisamos de cinco.

Quando chegaram à cela, Zero ativou o acesso remoto e a porta se abriu, revelando um Twi'lek macho sentado no banco em seu interior.

– Irmão – disse Xi'an, sorrindo.

– Irmã – respondeu o Twi'lek, retribuindo o sorriso. Ele encarou o Mandaloriano, com um olhar frio e familiar. – E olha só quem veio junto.

– Qin – cumprimentou Mando.

– Engraçado – disse o Twi'lek, saindo da cela para juntar-se aos outros no corredor sem nunca interromper o contato visual com Mando. – O homem que me deixou para trás agora é o meu salvador.

Às suas costas, Mando ouviu um rosnado. Quando virou-se, Burg o socou com força suficiente para arremessá-lo para dentro da cela vazia. Mando girou e disparou contra ele, mas a porta já estava se fechando. O tiro do blaster ricocheteou pelas paredes, zunindo pouco acima de sua cabeça. Ele ouviu o clique da tranca da porta se encaixando.

Estava preso lá dentro.

Depois que os outros se foram, um droide de segurança passou diante da cela. Mando colocou o braço para fora, disparou seu cabo e prendeu o droide pelo pescoço, então puxou-o contra o outro lado da porta. Ele agarrou o braço do droide e o torceu, sentindo os fios e os servomecanismos afrouxarem, até que conseguiu arrancar o membro fora. Em seguida, mirou o blaster, explodindo a cabeça do droide.

Isso o deixou segurando o braço arrancado.

Mando ativou um botão na fiação da coisa. Uma chave se projetou para fora, e ele a conectou à tranca da porta. Ela se abriu, e ele saiu.

Era hora da caçada.

CAPÍTULO 22

– VAMOS! – GRITOU MAYFELD. – A frota de ataque está a caminho. Temos que ir!

Através do comunicador auricular, a voz de Zero soou com a mesma autoridade calma de sempre.

– Vocês têm dez minutos restantes.

Mayfeld e os outros estavam correndo pelo corredor em direção ao acesso que utilizaram para entrar, quando a energia foi cortada e as portas começaram a se fechar ao redor deles. Era como se a nave-prisão inteira decidisse trancá-los do lado de dentro. Teriam os dutos de ventilação começado a ser selados também? Mayfeld sentiu uma súbita onda de claustrofobia, como se uma luva de borracha apertasse seus pulmões, tornando sua respiração difícil.

Não vou acabar preso aqui, pensou ele. *Eu prefiro morrer.*

Veio-lhe à mente o Mandaloriano. Talvez não devessem tê-lo traído.

Tarde demais, pensou, e dobrou uma esquina.

Sem saída.

Dentro da sala de controle, Mando continuou ativando os sistemas remotos da nave, fechando as portas e isolando os corredores. Nos monitores de vídeo, ele podia ver Mayfeld e os outros, seus rostos banhados pela luz vermelha do fornecimento reserva da nave. Separados uns dos outros, perdidos no labirinto de corredores, eles começavam a entrar em pânico.

Ele fechou outra porta.

Separado de Xi'an e Burg, Mayfeld viu-se sozinho com Qin, o Twi'lek. Os alarmes estavam soando, sem dúvida anunciando a iminente chegada da frota da Nova República. Seu tempo estava se esgotando.

O prisioneiro sorriu para Mayfeld.

– Qual é o seu nome?

– Mayfeld.

– Bom, sr. Mayfeld – disse Qin. – Você vai me tirar desta nave.

– E a sua irmã? – perguntou Mayfeld.

O sorriso de Qin se alargou.

– O que tem ela?

Quando o Twi'lek virou-se e começou a se afastar, Mayfeld balançou a cabeça.

– Que bela família – resmungou ele.

No interior da sala de controle, o Mandaloriano abaixou-se para recuperar o sinalizador de segurança que o guarda ativara. Ocorreu-lhe que, se esperasse, ao menos um de seus alvos iria até ele.

Burg foi o primeiro a irromper na sala de controle.

O Devaroniano parou ali dentro, olhando ao redor para os painéis cheios de luzes piscantes e telas de monitores. Ele se preparara para um confronto, mas o lugar parecia abandonado.

Então, ouviu o barulho acima dele.

De seu esconderijo no alto, Mando disparou seu cabo para baixo e acertou Burg, apenas para que o teto da sala desabasse com o peso do Devaroniano, fazendo com que Mando caísse sobre seu oponente. Furioso, Burg rosnou e desferiu-lhe um soco. Ele era extraordinariamente forte, e não havia a menor possibilidade de o caçador de recompensas superá-lo em um combate corpo a corpo. Mando permitiu-se ser erguido e arremessado para trás enquanto Burg rugia para ele do vão da porta aberta, preparando-se para terminar o serviço.

O Mandaloriano baixou a escotilha, fechando-a sobre seu adversário com um clangor resoluto. Um instante se passou, e Burg empurrou a porta para cima, erguendo-se com um sorriso desdenhoso de vitória.

Mando apertou um segundo botão, e as portas laterais uniram-se com um estrondo.

Desta vez, Burg não se levantou.

– Man-do – trinou Xi'an, sua voz carregada de deboche. – Cadê você?

Mando apareceu. A Twi'lek o encarou com malícia e satisfação, e, exibindo seus caninos afiados, reagiu de pronto e começou a atirar facas contra ele. Ele se abaixou, movendo-se rapidamente, esquivando-se das lâminas e aproximando-se por baixo dela. Depois de todo aquele tempo, sua velocidade ainda a surpreendera.

Mando agarrou-a pela cintura. Seu próprio punhal estava na mão dele, sob a garganta dela. Xi'an piscou os olhos para ele e ficou imóvel.

– Vá em frente – disse ela. – O que está esperando?

Mayfeld ficou imóvel na escuridão. Sabia que o Mandaloriano estava lá em algum lugar, seguindo seus passos, chegando cada vez mais perto. Mayfeld sentia sua aproximação, e quando as luzes piscaram acima de sua cabeça, sentiu sua ousadia cedendo ao pânico. O suor brotou em seu rosto, e ele pôde sentir o coração acelerando. Passou-lhe pela cabeça o que dissera mais cedo, provocando o Mandaloriano sobre ser paranoico.

Quem estava sendo paranoico agora?

Ele está próximo, pensou. *Posso sentir o cheiro dele. Ele está em algum lugar bem perto.* Seu blaster prostético girou estupidamente, cego na escuridão.

A próxima coisa que sentiu foi uma mão enluvada segurando-o com força.

Não teve tempo de gritar.

Mando encontrou Qin na escadaria da escotilha que levava à *Razor Crest*. Quando o prisioneiro viu a sombra de Mando surgir na parede, parou de tentar fugir e olhou por cima do ombro para o caçador de recompensas.

– Você matou os outros – disse Qin, com resignação em sua voz.

– Eles tiveram o que mereciam – respondeu Mando.

Com um grunhido o Twi'lek girou, arma em punho. Mas o caçador de recompensas já o aguardava com o blaster apontado para seu peito.

– Se me matar – disse Qin –, não vai receber seu pagamento. – Ele sorriu com malícia, os dentes brilhando de selvageria. – O que quer que Ran tenha prometido, farei com que receba, e até mais. – O prisioneiro deu um passo em direção ao Mandaloriano, depois outro, avançando lentamente, os braços nas laterais do corpo. – Vamos lá, Mando. Seja sensato. – Ele jogou seu próprio blaster longe e ergueu os pulsos, rindo. – Você foi contratado para fazer um serviço, certo? Não é esse o seu código? Você não é um homem honrado?

Mando não respondeu.

A bordo da *Razor Crest*, a Criança estava se divertindo com a brincadeira de esconde-esconde com o droide chamado Zero. Pelo menos, *parecera* uma brincadeira naquele momento. Mas então, o droide a encontrara, e a Criança percebeu que a brincadeira se tornara séria. O droide tinha um rifle nas mãos, e o rifle parecia perigoso. Talvez, no fim das contas, não se tratasse de uma brincadeira.

Zero apontou o rifle blaster para a Criança, e ela levantou as mãos, fechando os olhos. Enquanto se concentrava, suas longas orelhas ficando retas com a intensidade de seu foco, houve um estouro de violenta energia detrás do droide. Uma repentina explosão de faíscas irrompeu da placa torácica despedaçada.

O Mandaloriano estava ali, o blaster na mão.

A Criança arrulhou e sorriu para ele.

– Onde estão os outros? – quis saber Ranzar Malk.

De volta ao Poleiro, Ran esperara receber a *Razor Crest* enquanto ela pousava e estendia sua rampa de embarque, permitindo que Qin saísse para encontrá-lo. Enquanto Ran cumprimentava o prisioneiro com um abraço, o Mandaloriano estudava o homem barbado.

– Nada de perguntas – disse Mando. – Esta é a política, certo?

– É – disse Ran. – Esta é a política.

– Eu fiz o trabalho.

– É, você fez. – Ran jogou-lhe uma bolsa de créditos. – Não gaste tudo num só lugar.

– Como nos velhos tempos – disse Mando.

– Como nos velhos tempos.

O Mandaloriano voltou pela rampa de embarque e apertou o botão para fechar a escotilha. Pouco depois, a *Crest* recolhia o trem de pouso enquanto flutuava acima da plataforma de pouso e começava a se elevar para deixar a estação.

Observando a nave partir, Ran levantou uma mão, sorrindo e acenando. Ele aguardou até que a *Crest* começasse a se afastar. Então, o sorriso sumiu de seu rosto. Ele se inclinou e ativou um comunicador. Sua voz era fria e indiferente.

– Matem-no.

Ele podia ouvir Qin soltando uma risadinha enquanto as portas da doca mais próxima se abriam, a plataforma elevatória revelando uma canhoneira. Ran sabia que ela teria pouco trabalho para abater a *Razor Crest*. Ninguém ouviria falar do Mandaloriano novamente. Seus velhos tempos – *todos* seus tempos – logo chegariam ao fim.

Um apito o fez olhar para Qin, que segurava um dispositivo piscante em sua mão. Ao que tudo indicava, o Mandaloriano o enfiara no bolso do prisioneiro antes de trazê-lo de volta.

– O que é isso? – perguntou o Twi'lek, erguendo o dispositivo.

Ran fitou embasbacado o sinalizador, percebendo seu significado. Pela escotilha aberta, ele já podia avistar três naves da Nova República vindo rapidamente na direção deles. Elas pareciam aproximar-se da estação numa velocidade bastante agressiva.

– Aquelas são X-wings? – perguntou Qin. Ele parecia confuso.

Ran não teve chance de responder antes que os caças abrissem fogo.

CAPÍTULO 23

– MEU AMIGO. – A IMAGEM DE GREEF KARGA surgiu tremeluzente acima do holoprojetor da nave. – Se estiver recebendo esta transmissão, quer dizer que está vivo. – O agente da Guilda olhou para ele, as mãos na cintura. – Você pode ficar surpreso em saber que eu também estou. Podemos dizer que estamos quites.

O Mandaloriano assistiu à mensagem atentamente, ouvindo cada palavra.

– Muita coisa aconteceu desde a última vez que nos vimos – continuou Karga. – O homem que o contratou ainda está aqui, e suas fileiras de ex-soldados Imperiais aumentaram. Eles comandam a minha cidade, o que vem impedindo a sobrevivência da Guilda. Nós o consideramos um inimigo, mas não conseguimos nos aproximar o bastante para eliminá-lo. – Karga cruzou os braços, indo direto ao ponto. – Se você aceitar um último trabalho, farei com que valha a pena. Tem se saído bem contra os caçadores que ele enviou atrás de você, mas não vão parar até obter a recompensa. Então, esta é a minha proposta.

Volte a Nevarro e traga a Criança como isca. Vou arranjar um acordo e membros leais da Guilda como proteção. Assim que se aproximar do Cliente, mate-o, e nós dois conseguimos o que queremos. Se for bem-sucedido, você fica com a Criança, e eu limparei seu nome perante a Guilda, pois um homem honrado não deveria ser forçado a uma vida em exílio.

Karga fez uma pausa, permitindo que os termos fossem assimilados por Mando.

– Aguardo com otimismo por sua chegada.

Mando desligou a transmissão e virou-se para olhar a Criança. Ela já estava dormindo em seu carrinho, roncando baixinho.

O Mandaloriano voltou-se para o navicomputador e traçou o curso para Sorgan.

Lutar sempre fizera Cara Dune sentir-se melhor sobre suas escolhas de vida. Vencer apostas fazendo isso era apenas um bônus.

No tempo que se passou desde a partida de Mando, ela esteve inquieta e entediada, procurando por maneiras de ganhar dinheiro, de preferência aquelas em que também pudesse aliviar o estresse. No bar cujo caldo de osso era especialidade, presa por uma corda de energia a um lutador Zabrak, ela encontrou uma forma de extravasar sua agressividade – e ganhar algumas apostas.

Se sobrevivesse por tempo o bastante.

Bam! O Zabrak acertou seu rosto, jogando-a para trás, contra o bar. Torcendo contra ela, a plateia comemorou. Cambaleante, Cara sacudiu-se e investiu contra ele, desferindo-lhe um soco no queixo e em seguida um chute circular no estômago. Isso o deixou irritado, e descuidado, que era precisamente o objetivo da competidora.

– Vamos! – grunhiu o Zabrak, agarrando a corda com as duas mãos e puxando-a em sua direção. Cara permitiu-se ser arrastada para perto do oponente, deixando-o se cansar com o esforço. Ela se abaixou no último segundo, e o punho de seu oponente zuniu acima de sua cabeça. Aproveitando enquanto ele ainda estava sem equilíbrio, ela se levantou com tudo, acertando um soco lateral forte o suficiente para quebrar algumas costelas, que o fez se dobrar de dor.

Mande um beijo pro chão por mim, pensou ela.

O Zabrak resmungou, tentando respirar. Movendo-se sobre ele, ela agarrou a corda e a enrolou em torno do pescoço do oponente, apertando-a até que por fim ele desativou a extremidade presa em seu corpo, desabando com um estrondo no chão.

A multidão aplaudiu, exprimindo sua aprovação. Ofegante, Cara ergueu as mãos em vitória, e apontou para aqueles que apostaram contra ela.

– Paguem, seus comedores de lama! – gritou ela, e recolheu os créditos. – Vamos lá, isso é meu. Muito obrigada...

Enquanto a plateia se dispersava, ela viu o Mandaloriano vindo em sua direção.

– Procurando por trabalho? – perguntou ele.

Mais tarde, dividindo uma mesa, ele lhe explicou sobre a operação, como Greef Karga explicara a ele.

– Eles ofereceram o plano e o poder de fogo. Eu sou a armadilha.

Os olhos de Cara Dune pousaram sobre a pequena criatura de longas orelhas que acompanhava a discussão com ávido interesse.

– Com o pequeno? – perguntou ela.

– É por isso que vim até você – disse Mando.

– Não sei. Me aconselharam a ficar na encolha. – Ela o encarou, em dúvida. – Se alguém me identificar, eu vou apodrecer em uma cela pelo resto da minha vida.

– Pensei que fosse uma veterana.

– Fui muitas coisas desde então – disse Cara, pensando nos vários trabalhos que fizera e nos descontentamentos que causara. – Se eu reservar passagens em uma nave registrada pela Nova República...

– Eu *tenho* uma nave – disse Mando. – Posso levá-la e trazê-la de volta com uma bela recompensa. Você poderá viver livre de preocupações.

– Eu já vivo sem preocupações – respondeu ela – e não estou mais a fim de bancar o soldado. – Ela levantou as sobrancelhas para enfatizar. – Especialmente contra algum senhor do crime local.

– Não é um senhor do crime local – disse Mando. – Ele é do Império.

Ao ouvir aquilo, Cara parou, reconsiderou e ergueu seu copo.

– Estou dentro.

Cara viajava com pouca bagagem, e não demorou muito para que ela se aprontasse. Em uma hora, estavam a bordo da *Razor Crest*, a caminho do espaço. O Mandaloriano programou o sistema para voar no piloto automático, e eles desceram para o compartimento de cargas da nave. Cara estudou o arsenal de blasters e explosivos, escolhendo as armas mais adequadas para ela. Todas pareciam muito boas, mas o detonador térmico era particularmente atrativo. Cara sentiu o peso dele em suas mãos.

– Opa! – gritou ela, quando a nave deu uma guinada para o lado abruptamente e começou a tremer. Mando apoiou-se na parede e subiu até a cabine, onde os alarmes soavam e piscavam nos monitores do painel. Pouco depois, descobriu o motivo.

A Criança estava sentada diante dos controles, onde segurava o acelerador e balbuciava alegremente, tentando pilotar a nave. Pulando para a frente, o caçador de recompensas a tirou de onde estava e a entregou para Cara antes de assumir novamente os controles. Estabilizou o veículo e desligou os alarmes.

– Precisamos de alguém para vigiar a coisinha – disse Cara, e suspirou.

– Sim – concordou Mando.

– Tem alguém de confiança?

O Mandaloriano pensou que conhecia a pessoa ideal.

Kuiil colocava os arreios em seu blurrg quando avistou a forma familiar da *Razor Crest* pousando próxima a sua propriedade. Quando a escotilha se abriu, ele saudou os recém-chegados e os convidou para entrar. O Mandaloriano estava com a Criança e com uma outra companheira, uma guerreira, a julgar pela sua aparência.

O Ugnaught observou a Criança.

– Ela não cresceu muito – disse ele, e relanceou Cara. – E quanto a esta? Ela tem um nome?

– Esta é Cara – apresentou-a Mando. – Ela foi da tropa de choque Rebelde.

– Você foi uma Saltadora – observou Kuiil.

Ela assentiu.

– Você serviu na guerra?

– Do outro lado, receio admitir. – Kuiil recolheu-se em seu lugar. – Mas me orgulho em dizer que paguei a dívida de meu clã e hoje sirvo apenas a mim mesmo.

A porta atrás deles se abriu, e um droide entrou na sala. IG-11 era tão alto que precisou se abaixar para atravessar a passagem, mas a bandeja de chá em suas mãos continuou perfeitamente nivelada.

Vendo o droide caçador de recompensas, Mando levantou-se rapidamente com o blaster em punho, e Cara o acompanhou. IG-11 permaneceu impassível.

– Alguém quer um pouco de chá?

– Por favor – disse o Ugnaught –, guardem suas armas. Ele não fará mal a vocês.

O Mandaloriano manteve sua arma apontada para a cabeça do droide.

– Esta coisa foi programada para matar o bebê.

Kuiil balançou a cabeça.

– Não mais.

Mando e Cara escutaram o Ugnaught contar a história de como encontrara o droide depois da batalha, sem vida. Ele recolhera IG e o colocara no lombo do blurrg, depois o levara até sua oficina para avaliar os danos. Pouco sobrara do seu centro neural, e a reconstrução foi difícil. Uma vez concluídos os reparos mecânicos, Kuiil passara dias ensinando o droide a fazer todas as coisas do zero: como ficar em pé, como andar, tarefas simples como pegar uma caixa ou servir água. Fora necessária uma boa dose de paciência e repetição.

– Passei dia após dia reforçando seu desenvolvimento com paciência e motivação – disse Kuiil, enquanto o droide servia chá aos convidados. – Ele desenvolveu uma personalidade conforme sua experiência foi aumentando.

Mando não estava convencido.

– Ele ainda é um caçador?

– Não – assegurou o Ugnaught –, mas vai proteger.

IG-11 estendeu seu braço, oferecendo uma xícara.

– Chá?

O Mandaloriano olhou para ele e suspirou.

Mais tarde na mesma noite, enquanto Kuiil alimentava os blurrgs, Mando contou-lhe o que realmente o trouxera de volta a Arvala-7: queria contratá-lo como protetor da Criança.

– Não posso aceitar a sua oferta – disse o Ugnaught. – Mas IG-11 servirá às suas necessidades. Posso reprogramá-lo para tomar conta da Criança.

– Não – disse Mando com firmeza. – Não quero aquele droide perto dela.

O Ugnaught piscou de perplexidade para ele.

– Eles não são bons ou maus – disse. – São reflexos daqueles que os programam. – Ele se endireitou e fitou o Mandaloriano. – Você confia em mim?

– Até onde posso dizer, sim.

– Então, vai confiar no meu trabalho – disse Kuiil, como se o assunto estivesse resolvido. – Eu irei com você, e IG-11 vai me acompanhar. Não faremos isso pelo pagamento, e sim para proteger a Criança da escravidão do Império. – Ele encarou o Mandaloriano e falou com profunda sinceridade: – Ninguém será livre até que os velhos costumes tenham desaparecido para sempre.

Parecia não haver mais nada a dizer, então Mando simplesmente concordou.

– Certo.

– Os blurrgs também vão comigo.

– Os blurrgs?

– E tenho dito – disse Kuiil, e se afastou.

Os blurrgs couberam perfeitamente no compartimento de carga da *Razor Crest* e o Ugnaught sentou-se próximo a eles, parecendo satisfeito na companhia das criaturas. Já a caminho, Cara aproximou-se do Mandaloriano. Ele estava com a Criança em uma mesa perto do compartimento de carga. Ela soltou um punhado de créditos diante dele, sentou-se e estendeu a mão.

Mando olhou para os créditos, depois para ela.

– Tem certeza de que quer fazer isto?

Cara sorriu.

– Está com medo?

Ele apoiou o cotovelo, agarrou a mão dela, e pouco depois cada um se esforçava para empurrar o braço do outro contra a mesa. Cara sabia que eles estavam bastante equiparados, mas conforme ela empurrava com mais força, sentia Mando começando a enfraquecer.

– Vou acabar com você, Mando.

– Quer dobrar a aposta? – grunhiu ele.

Cara fez mais força, o sorriso aumentando em seu rosto. Agora ela sabia que iria ganhar, e quando o fizesse, nunca mais o deixaria esquecer que ela o derrotara, principalmente...

Seus pensamentos foram interrompidos abruptamente. Uma mão invisível pareceu apertar seu pescoço, sufocando-a. Ela esticou-se tensa em seu assento, levando as mãos à garganta. Com os cantos de sua visão já começando a escurecer, viu a Criança de relance. Estava de olhos fechados, a mão estendida em sua direção.

– Não! – gritou Mando, e ela o viu alcançar a Criança e agarrá-la. – Pare! Nós somos amigos! Cara é minha amiga!

O sufocamento passou, e ela sentiu-se como se tivesse sido solta. Arquejando, ajeitou-se para a frente em seu lugar e apontou para a Criança.

– Isso *não* foi legal!

O Mandaloriano depositou a Criança em seu carrinho.

– Interessante – disse Kuiil.

– *Interessante?* – repetiu Cara, boquiaberta. – Essa coisa quase me matou!

Mando fitou o Ugnaught. Kuiil olhava a Criança, processando o que acabara de testemunhar.

– A história que você me contou sobre o lamoceronte agora faz mais sentido – disse a Mando, por fim.

– Suas habilidades podem vir a calhar – disse o caçador de recompensas a Kuiil. – Você poderia modificar o carrinho da Criança com algum revestimento para que ela durma melhor?

– Vou construir um melhor – disse Kuiil, e pôs-se a trabalhar.

Cara esfregou o pescoço, onde sentira a mão invisível agarrando-a e tirando-lhe o ar. Dali para a frente, ela seria mais cuidadosa quanto estivesse próxima do pequenino.

CAPÍTULO 24

POUSANDO NAS COLINAS DE LAVA de Nevarro, encontraram Greef Karga esperando por eles, junto de um trio de caçadores de recompensa locais – um humano, um Nikto e um Trandoshano. Kuiil conduziu os blurrgs pela rampa de embarque, para fora da *Razor Crest*, e Cara e Mando juntaram-se a ele, seguindo montados até o agente da Guilda.

Karga e seus caçadores mantiveram suas posições, observando enquanto Mando e os outros se aproximavam.

– Desculpe por marcar o encontro num lugar remoto, Mando – disse. – Mas as coisas ficaram um tanto complicadas desde a última vez em que esteve aqui. – Ele abriu os braços. – Agora, onde está o pequenino?

Mando apertou um botão em sua manopla, e o carrinho prateado avançou flutuando, abrindo para revelar o rosto da Criança. Ao vê-lo, Karga piscou surpreso.

– Então – disse ele –, toda esta confusão é por causa deste monstrinho. – Ele estendeu os braços e levantou a Criança. – Que criaturinha preciosa. Consigo entender por que você não quis fazer mal a um único fio de cabelo desta cabecinha enrugada. – Devolvendo a Criança ao carrinho, ele voltou a olhar para Mando. – Fico satisfeito em saber que este assunto será resolvido, de uma vez por todas. Vamos?

O sol se pôs rapidamente em Nevarro. Eles viajaram a pé pelas colinas de lava, nenhum deles falando muito, e então montaram acampamento à margem de um rio, com a intenção de seguir viagem rumo à cidade logo ao raiar do dia.

Naquela noite, enquanto estavam reunidos ao redor da fogueira, Kuiil alimentou a Criança com pedaços de carne, que ela devorou com vontade, lambendo os lábios.

– Acho que o fedelho é carnívoro – admirou-se Karga. – Nunca vi nada assim. – Ele inclinou-se, aproximando-se. – Estavam dispostos a pagar uma fortuna por esta coisa.

– Vamos repassar o plano mais uma vez – disse o Mandaloriano.

Karga explicou as etapas. Não era complicado. Eles iriam juntos até o bar com a Criança como isca. Lá, se encontrariam com o Cliente e Mando o mataria. Quaisquer complicações envolvendo o grupo de stormtroopers que o acompanhasse – no máximo quatro, assegurou Karga – seria resolvido por seus próprios caçadores e Cara Dune. Nada de rodeios, era o que parecia.

– Confie em mim – disse Karga. – Não tem como dar errado.

As palavras ainda estavam sendo ditas quando uma criatura alada mergulhou surgindo da escuridão com um guincho ensurdecedor. Karga gritou de susto e dor, sacudindo o braço, e cambaleou para trás quando o caos reinou no acampamento. Os caçadores de recompensas sacaram seus blasters e começaram a atirar.

– Abaixem-se! – O Mandaloriano saltou e fechou o carrinho da Criança, trancando-a lá dentro. Sacando seu rifle, abriu fogo junto com os caçadores e Cara Dune. Não parecia surtir efeito. A noite foi tomada pelos guinchos e pelo ruído das asas coriáceas das reptiaves, pelo menos três ou quatro delas, que mergulhavam sobre o grupo, ávidos pela matança. Um deles se aproximou, cravando as garras em um dos blurrgs, que urrou em pânico.

– Solte ela! – gritou Kuiil, mas a coisa já estava batendo furiosamente as asas e carregando o blurrg para longe.

O Mandaloriano fitou a escuridão, seus ouvidos atentos. Então, uma das criaturas deu um rasante e capturou o Trandoshano em suas garras, arrancando-o do chão. Outra delas foi atrás de um segundo blurrg, e eles abriram fogo contra ela enquanto guinchava e se agarrava ao couro duro do animal que Kuiil trouxera. Os disparos atingiram o blurrg, que caiu enquanto mais duas das feras aladas arremetiam com as garras estendidas. Mando levantou o braço e lançou um jato flamejante, incendiando as criaturas voadoras até que elas desistiram e subiram para o céu noturno como duas pipas em chamas.

E então, o ataque havia cessado. Não havia nenhum outro som além do choro amedrontado da Criança quando o carrinho se abriu, e dos grunhidos de dor de Greef Karga. O ferimento em seu braço era profundo, e o veneno da criatura agia surpreendentemente rápido. Assim que chegasse à corrente sanguínea, sua morte seria questão de minutos.

– Aguente firme. – Cara sentou-se perto dele, abrindo um kit de primeiros socorros e examinando o ferimento. – Eles o acertaram em cheio.

– É grave? – Mando quis saber.

– É grave – disse ela. – O veneno está se espalhando rápido. Isso não está funcionando! – Ela olhou para a Criança, que descera do carrinho e se aproximava dela e de Karga por trás. – Tirem essa coisa daqui.

– Esperem – disse Kuiil calmamente.

Os olhos de Karga se desviaram para a Criança, que o encarava concentrada.

– Ele está tentando me devorar! – disse o agente da Guilda. Mas Karga não se afastou, e todos observaram enquanto a Criança pressionava sua pequenina mão diretamente sobre o ferimento, fechando os olhos e permanecendo imóvel naquela posição.

Pouco a pouco, os grunhidos de dor de Karga foram cessando, e ele ergueu os olhos, parecendo não acreditar no que via.

O ferimento estava se fechando, e então...

Desaparecera.

Karga fitou a Criança, completamente incrédulo. O único som era o crepitar das chamas da fogueira quando ele e os outros trocavam olhares, sem fazer ideia do que haviam acabado de presenciar.

Ao raiar do dia, eles seguiram pelas colinas de lava até os arredores da cidade, um grupo esfarrapado e à beira da exaustão devido ao ataque da noite anterior. Greef Karga e os dois caçadores de recompensas que trouxera com ele caminharam à frente enquanto Mando e Cara os seguiam a pé, e Kuiil montado no único blurrg que sobrevivera à noite.

Cara observou enquanto Karga, afastado, conversava aos sussurros com seus companheiros.

– Você acha que eles têm segundas intenções? – perguntou ela.

– Talvez – disse o Mandaloriano. – Preciso que fique atenta.

– Estou de olho.

Eles pararam no alto de um despenhadeiro com vista para a cidade abaixo. Karga a contemplava.

– Bem, aqui estamos – disse ele, sem se virar.

Mando e Cara pararam, esperando para ver o que aconteceria a seguir. Mando pôde ouvir os outros dois caçadores de recompensas chegando cada vez mais perto por trás deles, seus passos parando, e o som do couro dos coldres.

De repente, Karga virou-se segurando um blaster em cada mão, e atirou.

Ele acertou os dois caçadores – o humano e o Nikto – no peito, derrubando cada um com um único disparo. Quando os corpos caíram no chão, ele levou os dois blasters ao alto. Mando e Cara aproximaram-se dele, cada um por um lado, suas armas a postos e apontadas.

– Tem algo que vocês precisam saber – disse Karga, soturno. – O plano era matar vocês e pegar o garoto. – Olhou de volta para os dois e balançou a cabeça. – Mas depois do que aconteceu na última noite... Eu não poderia continuar com isso. – Franziu a testa. – Vão em frente, vocês podem me matar aqui e agora, e isso não violaria o Código. Mas se fizerem isso, a Criança nunca estará segura.

Mando e Cara mantiveram suas armas apontadas.

– Acho que vamos arriscar – respondeu Cara.

– Talvez vocês devessem deixá-lo falar – disse Kuiil.

– Nós dois precisamos que o Cliente seja eliminado – disse Karga. – Deixem-me levar a Criança até ele, depois vocês dois...

– Não – disse Mando, e abaixou seu blaster.

Cara franziu o cenho em resposta.

– O que está fazendo?

– Enquanto aquele Imperial viver, continuará enviando caçadores atrás da Criança. – Mando virou-se para Karga. – Leve a mim. Diga a ele que você me capturou. Leve-me para perto dele, e eu o matarei.

– É uma boa ideia – assentiu o agente da Guilda. – Entregue o seu blaster.

– Isso é loucura! – protestou Cara enquanto Mando entregava sua arma a Karga.

– É o único jeito.

– Bom, eu vou com você – disse ela. – Direi a eles que fui eu quem o capturou.

– Ela pode trazer a Criança – disse Karga.

– Não. – A voz de Mando foi firme. – O garoto volta para a nave.

– Mas, sem a Criança, nada disso vai funcionar!

– Eu tenho um plano – disse o Mandaloriano, e virou-se para o Ugnaught. – Kuiil, volte para a *Razor Crest* com a Criança e tranque-se lá dentro. Ative os protocolos de segurança. Nada neste planeta vai atravessar aquelas portas.

Kuiil assentiu.

– Vou manter a Criança a salvo.

Mando ergueu os pulsos para que Karga o algemasse.

– Vamos.

CAPÍTULO 25

A CIDADE MUDARA.

Havia menos pessoas conduzindo seus negócios ao ar livre, e as ruas pareciam estranhamente vazias. Stormtroopers e troopers de reconhecimento em deslizadores 74-Z carregavam armas abertamente, observando Karga e Cara Dune aproximarem-se com Mando, que estava algemado. O carrinho prateado flutuava entre eles, completamente fechado.

– Código de identificação? – exigiu um trooper de reconhecimento.

– Tenho um presente para seu chefe – disse Karga, entregando-lhe o código.

O trooper o escaneou.

– Pago vinte créditos pelo elmo.

– Sem chance – respondeu Karga, rindo. – Aquilo vai para a *minha* parede.

– Para sua *parede*? – murmurou o Mandaloriano.

– Entra no jogo – sussurrou de volta Karga.

O trooper gesticulou para que prosseguissem.

– Sigam em frente.

Karga deu um empurrão no caçador de recompensas, e eles continuaram caminhando. Mais stormtroopers os observavam de ambos os lados da rua conforme dirigiam-se para o bar.

Não demoraria muito.

O Cliente levantou-se quando os viu entrando, seus olhos faiscando de interesse.

– Veja o que trouxe para você – disse Karga. – Como prometido.

O velho encarou a armadura do Mandaloriano, como se admirasse uma escultura trazida para a sala a fim de que ele a avaliasse.

– Que criação extraordinária. – Ele passou uma das mãos sobre o visor do elmo. – É incrível como o beskar pode ficar belo quando é trabalhado por seus artesãos ancestrais. – Depois de gesticular para o droide de protocolo RA-7 atrás do balcão, que começou a preparar bebidas, o velho apontou para a mesa. – Sentem-se, por favor.

Karga empurrou bruscamente o Mandaloriano na direção da mesa, e o Cliente sentou-se diante dele.

– É uma pena que seu povo tenha sofrido tanto – disse –, quando tudo poderia ter sido evitado. Por que Mandalore resistiu à nossa expansão?

Mando não respondeu.

– O Império aprimora cada sistema que toca – continuou o velho. – Julgando por qualquer parâmetro. Segurança, prosperidade, comércio, oportunidade, paz... – Seu semblante tornou-se sombrio, mais grave. – Compare o regime Imperial com o que está acontecendo agora. O mundo ficou mais pacífico desde a revolução? – Encarando o Mandaloriano, não esperou por uma resposta. – Não vejo nada além de morte e caos. – Seus olhos pousaram no carrinho, que flutuava próximo a mesa. – Eu gostaria de ver o bebê.

– Hã... – Karga ergueu a mão. – Ele está dormindo.

– Ficaremos em silêncio – disse o Cliente.

Antes que Karga pudesse responder, um stormtrooper que estava por perto aproximou-se e sussurrou algo no ouvido do velho.

– Perdoem-me a indelicadeza – disse ele, levantando-se. – Preciso atender esta ligação.

Quando o velho deixou a mesa, o Mandaloriano soltou as algemas e libertou suas mãos.

– Entregue-me o blaster – murmurou.

Karga deslizou-lhe furtivamente a arma.

– Você tem apenas uma chance.

Por cima do balcão, o Cliente inclinou-se em direção ao holoprojetor, onde uma imagem materializou-se diante dele, uma figura de rosto magro encarando-o com olhos frios e calculistas.

– Sim, Moff Gideon?

– Eles trouxeram a Criança? – perguntou Gideon. Sua voz soava enganosamente casual, quase informal.

– Sim, trouxeram – confirmou o velho. – Ela está dormindo neste momento.

– Talvez seja melhor você conferir mais uma vez.

Os olhos do velho estreitaram-se e direcionaram-se rapidamente para os outros, sua expressão inundando-se de desconfiança.

Um tiro atravessou a janela acima do balcão.

O velho foi arremessado longe e desabou no chão. Os stormtroopers se espalharam, disparando seus blasters, e o caos tomou o lugar. Do outro lado do salão, Karga virou a mesa, ele e os outros abaixando-se para usá-la como cobertura. Pela janela estilhaçada, um filete de luz do dia reluziu através do ar esfumaçado. O droide de protocolo atrás do balcão levantou as mãos e também procurou cobertura, abaixando-se.

O holograma de Moff Gideon observou tudo aquilo por um momento, então curvou-se para desativar seu transmissor e desapareceu.

Depois que o tiroteio cessou, Cara levantou-se para checar a sala e certificar-se de que os troopers haviam sido abatidos. Karga e Mando juntaram-se a ela. Cara virou-se para olhar a rua através da janela quebrada. Quando viu o que estava lá fora, uma onda de terror a invadiu.

Uma fileira de troopers de extermínio, trajando armaduras pretas, estava em frente ao bar. Eram as tropas de elite do Império, treinados para missões furtivas. Atrás deles, um transporte de tropas Imperial acabara de chegar, e suas portas se abriram para descarregar uma nova leva de stormtroopers.

– Isto não é nada bom – avaliou Cara.

Mando ergueu o comunicador até seu elmo.

– Kuiil, já chegou na nave?

Depois de um chiado de estática, a voz do Ugnaught soou através do aparelho, parecendo muito distante.

– Ainda não.

– Volte para a nave e fuja! – disse Mando. – Leve a Criança para longe daqui. Estamos cercados!

Recebendo a transmissão, Kuiil puxou as rédeas com firmeza e aumentou a velocidade, fazendo seu blurrg galopar rápido sobre as colinas de lava em direção à *Razor Crest*. Ele sabia que a nave não estava muito longe, e logo a Criança estaria segura.

Mas ele não fora o único a ouvir a mensagem.

Nas cercanias da cidade, dois troopers de reconhecimento que estiveram monitorando a conversa se entreolharam, montaram em seus deslizadores e saíram em disparada.

CAPÍTULO

26

O CAÇA TIE CRUZOU O CÉU e desceu sobre a rua, seus painéis solares retraindo-se enquanto pousava atrás das fileiras de troopers Imperiais. Dentro do bar, ainda com as armas a postos, Mando, Cara Dune e Karga fitaram o caça, todos em silêncio, embora soubessem o que aquilo significava.

A hora do acerto de contas chegara.

A escotilha do TIE abriu-se com um ruído, e um homem usando um manto escuro e um peitoral de armadura saiu. Ele avançou pelas fileiras de troopers, aproximando-se da construção. Era o oficial Imperial do holoprojetor, que falara com o velho.

Moff Gideon.

Ele parou em frente à janela quebrada e pronunciou-se com uma voz calma e impassível:

– Vocês têm algo que eu quero – disse ele. – Podem até achar que fazem alguma ideia do que possuem, mas não sabem de nada. – Ele os encarou com um olhar frio e confiante. – Ela significa mais para mim do que vocês podem imaginar. E dentro de pouco tempo, será minha.

Mando ergueu o comunicador.

– Kuiil, você já está na nave? – perguntou. – Eles estão sobre nós. Kuiil, responda!

Mas não houve resposta.

Kuiil acelerou. Não havia tempo para responder a mensagem do Mandaloriano. Podia ver a *Razor Crest* adiante, a silhueta da nave destacada contra o céu azul. Seria questão de minutos, talvez menos. Ele atiçou o blurrg, a fera correndo o máximo possível. Podia ouvir a criança, embrulhada no cobertor em seu colo, arrulhando suavemente.

Proteja a Criança, pensou. Naquele momento, aquela era a tarefa mais importante de sua vida.

Próximo o bastante para ativar à distância os controles do sistema de segurança da nave, ele apertou um botão e a rampa de embarque da *Crest* começou a se estender. Ele conseguia ver o interior do compartimento de cargas, o lugar onde estariam a salvo.

O ruído agudo dos deslizadores o alcançou.

Quando os troopers atiraram, abatendo o blurrg e arremessando Kuiil ao chão, o Ugnaught viu a Criança voar de seus braços e soube da terrível e repentina verdade.

Ele falhara em proteger a Criança. Os capacetes brancos e visores dos troopers alcançaram-no impiedosamente, tão desprovidos de emoção quanto a própria morte.

– Não! – Kuiil levantou uma mão, em uma última e desesperada tentativa de detê-los.

O disparo do blaster o atingiu, e a escuridão o invadiu.

CAPÍTULO 27

RETORNANDO PARA A CIDADE, os dois troopers de reconhecimento que haviam capturado a Criança desaceleraram e pararam nos arredores para informar o ocorrido.

– Deslizadores chegaram ao ponto de encontro com o pacote – disse o primeiro trooper através de seu comunicador. – Aguardando confirmação... – De dentro da bolsa lateral, a Criança arrulhou, e o trooper a golpeou. – Pare com isso!

– Hã, podem prosseguir – disse a pessoa do outro lado do comunicador –, mas eu recomendo que vocês verifiquem novamente. O Moff mal chegou e já acabou com um esquadrão inteiro de troopers locais.

Os troopers de reconhecimento se entreolharam, e o primeiro pressionou o botão do microfone.

– Entendido. Desligando.

Pouco depois, o segundo encarou o trooper.

– Ele disse... que Gideon matou os próprios homens?

O primeiro trooper balançou a cabeça.

– Vai saber – disse ele. – Esses caras gostam de botar moral assim que chegam em um lugar. Você sabe como é. – Dentro da bolsa, a Criança balbuciou, e o trooper bateu nela novamente.

– Mandei calar a boca!

O segundo trooper esticou a cabeça, tentando espiar o interior da bolsa, que estava se mexendo.

– O que é essa coisa, afinal?

– Ah, não sei não. Talvez Moff Gideon queira comê-la. Eu não faço perguntas.

O segundo trooper olhou para ele.

– Posso vê-la?

O trooper que carregava a bolsa o encarou incrédulo.

– Você não acabou de ouvir que o Moff Gideon matou vários de seus próprios soldados só para enfatizar suas ordens?

– Certo...

– Eu entendi a mensagem. Você entendeu a mensagem?

– Sim, eu entendi a mensagem.

– Então está bem.

Eles voltaram a montar em seus deslizadores, aguardando as próximas instruções. Nada aconteceu. O sol castigava. Depois da adrenalina por perseguirem o Ugnaught e recuperarem a Criança, o tempo parecia arrastar-se lentamente. Se havia uma coisa que a Rebelião não mudara, era que grande parte de suas vidas se resumia em ficar aguardando que alguém lhes dissesse o que fazer.

Após um tempo, o segundo trooper suspirou. Ele sacou o blaster e o apontou para um transmissor caído na areia. Puxou o gatilho. Errou. Tornou a atirar. Errou. O outro trooper juntou-se a ele, alternando os disparos. Não chegaram nem perto de acertar o transmissor. Ambos ficaram calados. O segundo trooper relanceou esperançoso a bolsa.

– Será que não deveríamos dar água para aquela coisa?

O outro o fitou.

– Você só quer vê-lo.

– *Você* conseguiu olhar para ele...

– Só um pouco. Eu o recolhi e o enfiei na sacola.

– Já foi bem mais do que eu pude ver...

O trooper com a bolsa suspirou.

– Está bem – cedeu, e ergueu a aba da bolsa, abrindo-a. – Pronto, está feliz?

– Caramba. – O segundo trooper encarou a coisinha de cara enrugada e olhos grandes que o encarava. – Que coisa é essa?

– Não sei, um bichinho de estimação ou algo assim.

– Bichinho de estimação? – O trooper estendeu um dedo para tocar a coisa, que abriu a boca e o mordeu. Ele deu um grito e sacudiu a mão, depois socou-a com força.

O primeiro deu de ombros.

– Bem feito.

– Parem com isso – ralhou uma voz robótica diante deles.

Ambos os troopers sacaram seus blasters e os apontaram para a forma metálica brilhante que avançava em sua direção.

– Identifique-se – disse um dos troopers.

– Eu sou IG-11 – anunciou o droide. – Sou o droide babá desta criança, e solicito que a entreguem a mim imediatamente.

– Um droide *babá*? – O segundo trooper olhou de relance para seu parceiro. – Achei que fosse um caçador. Droides IG não costumam ser caçadores?

– Bom, evidentemente, este é uma babá – respondeu o primeiro.

– Desculpe babá, mas você vai ter que ir embora daqui.

IG continuou andando na direção dos troopers.

– Vocês estão negando minha solicitação?

– Não – disse o trooper, mirando a cabeça do droide com seu blaster. – Estou avisando para ir embora daqui.

Movendo-se rapidamente, IG agarrou a mão do trooper que segurava a arma e a torceu. O trooper gritou quando seu pulso quebrou, e o droide o virou e o jogou no chão. Girando, IG deu um tapa no blaster do segundo trooper, atirando-o para longe, agarrou-o pelo pescoço e começou a bater a cabeça do homem repetidas vezes contra o deslizador. Então, aproximou-se, apanhou a criança, sentou-se no outro deslizador e ligou o motor. A Criança piscou e encarou-o de baixo.

– Aquilo foi desagradável – disse IG-11. – Sinto muito que tenha visto.

Eles partiram.

Dentro do bar, o impasse continuava.

De costas contra a parede, Cara olhou para Greef Karga.

– Tem outra saída?

– Não – disse Karga. – Só essa.

– E quanto aos esgotos? – perguntou Mando. – Os Mandalorianos escondem-se nos esgotos. Se conseguirmos chegar lá, eles podem nos ajudar a escapar.

– Isso – disse Cara. – Esgotos são uma boa.

Mando acionou o escâner de seu visor.

– Procurando por pontos de acesso.

Cara olhou para fora, através da janela aberta. Do lado de fora do bar, os stormtroopers abriam um grande caixote branco, soltando suas travas e levantando a tampa. As fileiras de troopers afastaram-se para os lados, enquanto alguns deles traziam um tripé e começavam a montar o que ela percebeu ser um blaster pesado de repetição. Cara sentiu uma onda de desalento invadi-la.

Os ombros de Karga desabaram.

– Acabou.

Pelo escâner do visor, Mando detectou uma assinatura de calor na parede mais distante.

– Encontrei a saída de ventilação – anunciou.

– Vamos dar o fora daqui – disse Cara. Ela e Mando agarraram um banco e o empurraram para longe, revelando o ponto de acesso. A grade que fechava a passagem parecia estar cimentada no lugar, e não se moveu nem um pouco quando a puxaram. Cara pegou seu rifle blaster.

– Saiam da frente. – Ela abriu fogo contra a grade, que resistiu.

Do lado de fora, a voz de Moff Gideon soou clara.

– Seu pânico sugere que entenderam a situação – disse ele. Como sempre, seu tom permanecia calmo e equilibrado. – Eu preferiria evitar mais violência e encorajar um momento de consideração. – Ele apontou para o armamento pesado montado sobre o tripé. – Se não estiverem familiarizados com esta arma, tenho certeza de que a integrante da tropa de choque Rebelde Carasynthia Dune, de Alderaan, poderá informá-los de que testemunhou várias de suas fileiras serem aniquiladas enquanto enfrentavam o predecessor deste modelo específico. – Ele fez uma pausa, para que assimilassem o que estava dizendo. – Ou talvez o caçador Mandaloriano inativo Din Djarin tenha ouvido canções sobre o Cerco de Mandalore, quando naves equipadas com artilharia similar devastaram os campos de recrutas durante a Noite das Mil Lágrimas.

Mando o encarou, imóvel, ouvidos atentos.

– Eu aconselho o magistrado desonrado Greef Karga a escutar a sabedoria da idade – disse Gideon – e peço que larguem suas armas e saiam. A estrutura em que vocês estão presos será destruída em breve e suas célebres vidas terminarão sem qualquer cerimônia.

Foi Karga quem finalmente respondeu, inclinando-se ligeiramente para a frente e erguendo a voz para ser ouvido através da janela.

– O que você propõe? – gritou ele.

Gideon manteve seu olhar frio, sem nem ao menos piscar.

– Uma negociação razoável.

– Que garantia você oferece?

– Se está perguntando se podem confiar em mim – disse Gideon –, não podem. – Ele abriu as mãos em um gesto de quem diz uma verdade lamentável, mas inevitável. – Assim como você traiu seu acordo de negócios, eu quebraria com prazer qualquer promessa que fizesse e assistiria vocês morrerem pelas minhas mãos. A garantia que ofereço é a seguinte: vou agir em meu interesse, que no momento envolve a cooperação de vocês. – Virou-se para avaliar as forças e armamentos ao seu redor e, mais adiante, o sol que já se punha. Então, voltou a olhar para o bar. – Vocês têm até o anoitecer. Depois disso, vou ordenar que o canhão abra fogo.

Ele virou e se afastou.

– No momento em que aquela porta se abrir, estaremos mortos – disse Cara.

– Estaremos mortos se *não a abrirmos* – disse Karga. – Pelo menos lá fora teremos uma chance.

– É fácil para você falar – disse Cara. – Eu fui da Rebelião. Eles vão fritar meu cérebro com um devorador de mentes!

– Eles não existem – bufou Karga. – Eram apenas propaganda de guerra.

– Bom – disse ela, brandindo o rifle. – Não faço questão de descobrir. Vou sair daqui atirando pra todo lado.

O agente da Guilda olhou para o caçador de recompensas.

– E quanto a você, Mando?

– Eu sei quem ele é – disse Mando. – Aquele é Moff Gideon. Não escuto este nome desde que era criança.

Karga fitou-o.

– Em Mandalore?

– Não nasci em Mandalore.

– Mas você é um Mandaloriano. – Karga franziu a testa.

Cara balançou a cabeça.

– Mandaloriano não é uma raça.

– É um código – disse Mando. Mais uma vez estava rememorando aquele dia distante, com seus pais, correndo pela rua, o rugido dos blasters e das pessoas gritando enquanto canhoneiras sobrevoavam. Aquela fora a última vez que os vira vivos. A lembrança continuou passando por sua mente: paredes explodindo e construções ruindo, espalhando escombros e erguendo grandes nuvens de fumaça enquanto continuavam correndo. Atrás deles, super droides de batalha haviam pousado, e ele podia ouvir os disparos à medida que eliminavam quaisquer observadores incautos. Ele e seus pais aproximaram-se de um bunker, abrindo suas portas. Sua mãe apertou seus ombros, olhando para ele uma última vez; seu pai o puxou e beijou-lhe a testa, as lágrimas deixando rastros em suas bochechas cobertas de poeira. Eles o contemplaram uma última vez.

Então, baixaram-no para dentro.

Ele olhou para cima, erguendo a mão em sua direção, seus rostos já bloqueados pela luz cegante atrás deles. Seu pai fechou as portas, mergulhando o garoto na escuridão.

Logo depois, veio a explosão.

Foi tão poderosa que chacoalhou as portas em suas dobradiças. Fumaça e lama escorriam pelas rachaduras. Pela fresta entre as portas, ele pôde ouvir os passos de algo pesado se aproximando, e soube o que era – um daqueles super droides de batalha.

As portas se abriram e lá estava ele, enorme, implacável, elevando-se sobre ele e anunciando a morte certa. O droide apontou o blaster de seu pulso diretamente contra a cabeça do garoto.

O garoto fechou os olhos e se encolheu, adivinhando o que viria a seguir.

BAM!

Uma saraivada de disparos de blaster vindos de cima atingiu o droide, abrindo buracos nele e o derrubando de lado com um clangor oco. Quando voltou a olhar para cima, o garoto viu que uma nova figura postava-se diante da porta.

Ele fitou o soldado Mandaloriano estendendo o braço para oferecer-lhe a mão, um convite à proteção.

O menino levantou-se e sentiu o soldado tirando-o do abrigo, depois colocando-o no chão. Ao seu redor, pôde ver outros Mandalorianos com mochilas a jato pousando com seus blasters empunhados e contra-atacando os Imperiais. Estavam disparando contra os droides assassinos de todos os lados – e estavam *vencendo*. Um deles gesticulou para o soldado que o ajudara a sair do bunker, fazendo um sinal para que decolasse. O Mandaloriano olhou para ele, e o garoto assentiu. Pegando-o em seus braços, o soldado ativou sua mochila a jato e levantou voo.

Mando lembrou-se de como fora olhar por cima do ombro do soldado para o lugar onde seus pais morreram, enquanto seu salvador o levava para um lugar seguro.

– Eu era um enjeitado – confessou ele para Karga e Cara. – Eles me criaram entre os soldados. Fui tratado como um deles. Quando atingi a idade certa, fiz o juramento do Código. O único registro do nome da minha família estava nos arquivos de Mandalore. – Olhou para os outros, que escutavam sua história. – Moff Gideon era um agente do Bureau de Segurança Imperial durante o Grande Expurgo. É por isso que sei quem é ele.

Os outros ficaram quietos, e os pensamentos de Mando voltaram-se para a Criança, em algum lugar lá fora com o Ugnaught. Ele ativou o comunicador:

– Responda, Kuiil.

Em vez da voz do Ugnaught, o risinho familiar da Criança soou através do aparelho. Então, ele escutou outra voz familiar.

– Kuiil foi exterminado – disse IG-11.

– O que você fez? – perguntou Mando, sua voz adotando um tom frio.

– Estou cumprindo minha função básica – disse o droide.

– Que é?

– Cuidar e proteger.

IG-11 atravessou o deserto em direção aos arredores da cidade com a Criança presa em segurança contra seu peito. Aproximando-se, seus fotorreceptores detectaram um grupo de stormtroopers e troopers de reconhecimento nos portões da cidade. O droide sacou seus blasters e acelerou. Aquilo também poderia não ser agradável, mas ele precisava proteger a Criança.

Disparando contra os troopers nos portões, IG seguiu a rua passando por eles, atirando incessantemente para todos os lados e derrubando-os em todo canto. Aninhado ao droide, a Criança ria alegremente, encantada com a velocidade e o movimento, as orelhas balançando ao vento.

Vendo o contingente de soldados adiante, IG girou o torso para proteger a Criança e continuou disparando, enquanto avizinhava-se do bar.

– Vejam! – gritou Cara, apontando para a rua quando o droide chegou.

– Me deem cobertura! – disse Mando. Atrás dele, Cara disparava uma grande sequência de tiros enquanto o Mandaloriano avançava em campo aberto, com Greef Karga logo atrás. O que viu ali era ainda pior do que imaginara. Stormtroopers e troopers de extermínio investiram contra eles. Mando e Karga lutaram, disparando contra os capacetes, chutando e socando os que estavam próximos. Em meio ao caos, Mando pôde ver IG com a Criança presa ao seu torso, e viu quando um disparo de blaster acertou o droide, derrubando-o de joelhos.

Mando procurou o blaster pesado.

Caminhando até ele, arrancou o canhão de cima do tripé e o apontou contra os stormtroopers restantes, destruindo-os com uma chuva de fogo alaranjado. Do outro lado da rua, um trooper de armadura preta aproximou-se do bar e plantou um detonador na parede.

Cara ainda estava lá dentro quando a explosão derrubou a parede e a arremessou no chão. Ela grunhiu, tentando rastejar para se proteger dos tiros disparados contra as paredes e o chão ao seu redor. Pelo menos dois troopers de extermínio estavam lá dentro, chegando cada vez mais perto.

Ela se pôs de pé, o rifle empunhado, e atirou nos dois.

Na rua, Moff Gideon via o rumo da batalha mudar. Seus olhos estreitaram-se em desagrado. Aquele não era o resultado que previra. Apontou seu blaster contra o elmo do Mandaloriano e efetuou um único disparo. Mando gritou de dor e choque, e apontou o canhão parcialmente desmontado na direção de Gideon. O oficial ajustou o blaster, mirando contra o gerador de energia próximo do Mandaloriano, e disparou.

O gerador explodiu em uma conflagração ofuscante de fogo e fumaça, arremessando Mando longe com o impacto e derrubando-o no chão, imóvel.

De dentro do bar, Cara o viu cair. Passou correndo por Karga, que ainda atirava contra os troopers. Agarrando o corpo de Mando, ela o puxou de volta para dentro, com IG-11 e Karga logo atrás, e então fechou a porta.

Do lado de fora, Gideon sentiu um aperto no peito. Era hora de dar um basta. Sua paciência chegara ao fim.

– Queimem-nos – ordenou.

CAPÍTULO 28

DENTRO DO BAR, CARA DUNE ARRASTOU o corpo de Mando até a parede mais ao fundo. O caçador de recompensas era um peso morto, e a armadura de beskar só o tornou ainda mais pesado.

– Fica comigo, parceiro – disse ela. – Nós vamos tirar você daqui.

Se a escutou, Mando não respondeu. A explosão lá fora o deixara inconsciente e gravemente ferido. Seu corpo estava flácido e quase sem vida. Desesperada, Cara virou-se para Karga, que olhava para IG-11.

– Esta é a nossa única saída – disse o agente da Guilda. – Consegue abri-la?

– Sim, certamente – respondeu o droide. Ele colocou a Criança gentilmente no chão e abaixou-se para começar a remover a grade. Faíscas voavam da ferramenta cortante de alta precisão em suas mãos.

– Isso – disse Karga, murmurando. – Eu *amo* unidades IG.

No chão, diante de Cara Dune, o Mandaloriano se mexeu. Sua voz estava fraca, carregada de dor, e ele respirava com dificuldade.

– Não vou conseguir – disse ele. – Vão.

– Cale a boca – respondeu Cara. – Você só está um pouco atordoado. Vai ficar bem.

– Pegue isso. – De dentro da armadura, Mando puxou um colar com um medalhão na forma do crânio do mitossauro e entregou-o a ela. – Quando se encontrar com os outros da minha tribo, mostre isso. Diga a eles que a Criança estava sob minha proteção. Eles lhe darão salvo-conduto.

Cara pegou o medalhão e o guardou. Colocou a mão na extremidade inferior do elmo do companheiro e olhou para as pontas dos dedos. Estavam cobertos de sangue.

– Vamos ter que tirar esse treco – disse ela.

– Não. – Ele segurou a mão dela. – Deixem-me aqui. – Ele arquejava, tentando respirar, e seus pulmões chiavam. – Certifique-se de que... a Criança esteja segura...

Cara começava a responder quando um enorme jato de chamas irrompeu pelo bar com um rugido, incendiando o balcão e as paredes. Ela já conseguia sentir o calor aumentando ao redor, consumindo o oxigênio enquanto o fogo se espalhava.

– Eu posso segurá-los por tempo o bastante para vocês escaparem – disse Mando. – Deixe-me morrer como um guerreiro.

Cara o encarou, desafiadora.

– Não vou abandonar você.

– Este é o Caminho – disse o Mandaloriano.

O lugar inteiro estava tomado pelas chamas, que começaram a consumir tudo ao redor deles. Os olhos de Cara ardiam por causa da fumaça, e ela sentiu a garganta começar a fechar. Quando olhou para a entrada da construção, viu o stormtrooper incinerador, identificado por faixas vermelhas, entrando com um lança-chamas. Lembrou-se de enfrentar troopers desse tipo durante a guerra, e estava bastante familiarizada com o terrível poder da arma que ele carregava.

O trooper virou-se para mirar o lança-chamas diretamente contra os dois, preparando-se para disparar outra rajada flamejante. Não havia para onde correr.

Este é o nosso fim, pensou ela. *Lutando a guerra mais uma vez, dentro de um bar num planeta qualquer...*

De canto de olho, Cara viu a Criança se levantar, erguer as mãos e fechar os olhos em profunda concentração. O que aconteceu depois foi impossível, e se ela não tivesse visto com os próprios olhos, jamais teria acreditado.

A bola de fogo avançou contra eles com um barulho ensurdecedor – e então, de alguma maneira, *parou*, como se estivesse congelada no lugar, seu poder destrutivo e ferocidade contida nos limites dos poderes da Criança. Cara e Greef Karga a encaravam, perplexos. Mesmo o Mandaloriano conseguiu levantar a cabeça e olhar, o reflexo das chamas alaranjadas tremeluzindo no visor de seu elmo.

Com um simples gesto de sua mãozinha, a Criança fez com que o fogo se desviasse e recuasse sobre si mesmo, engolfando o stormtrooper em uma onda de calor e o arremessando através da porta aberta. Ao longe, ouviram-no gritar.

Do outro lado da sala, IG-11 deu um último chute na grade metálica, que se soltou, abrindo caminho para que escapassem.

– Temos que ir agora! – gritou Karga.

O Mandaloriano voltou seu olhar para Cara.

– Vão... – grunhiu ele, e ficou em silêncio.

Ele desabou no chão. Cara viu IG se aproximar, entregando a ela a bolsa com a Criança em seu interior.

– Fujam e protejam esta criança – disse o droide. – Eu ficarei com o Mandaloriano.

Ela se levantou.

– Prometa que vai trazê-lo de volta.

– Tem a minha palavra.

Cara segurou a Criança e seguiu Karga em direção aos esgotos, deixando IG-11 sozinho com Mando. Esperava poder confiar no droide.

Não que tivesse muita escolha.

CAPÍTULO 29

O BAR TORNARA-SE UM ESCALDANTE caldeirão de fogo, no limite do colapso completo. Labaredas erguiam-se cada vez mais alto à sua volta, queimando a tudo descontroladamente. O droide ajoelhou-se diante do caçador de recompensas.

– Faça – disse Mando.

A matriz de processamento de IG-11 piscou com uma luz vermelha, inquisitiva.

– Faça o quê?

– Acabe logo com isso – ordenou Mando. – Prefiro ser morto por você do que por um Imperial.

– Eu já disse, não sou mais um caçador. Sou um droide babá.

– IGs são todos caçadores.

– Este aqui não – insistiu o droide. – Fui reprogramado. Preciso retirar seu elmo para poder salvá-lo. – O droide estendeu a mão para o elmo do caçador de recompensas, e Mando apontou o blaster contra ele.

– Tente fazer isso, e eu mato você – ameaçou ele. – É proibido. Nenhum ser vivo me viu sem o elmo desde que fiz meu juramento ao Código.

– Eu não sou um ser vivo – argumentou calmamente IG-11. Sem esperar por permissão, ele começou a tirar o elmo. Houve um silvo suave quando o equipamento foi aberto e solto, depois o droide o removeu e olhou para o humano por trás dele.

O rosto do caçador de recompensas estava empapado de sangue e contraído de dor, os cabelos escuros ensopados de suor contra as têmporas e a testa. Seus olhos castanhos pareciam vulneráveis e expostos, a expressão de um homem prestes a conhecer o último grande mistério da vida.

– Isto é um spray de bacta – disse IG-11, borrifando o aplicador medicinal em seus ferimentos. – Vai curá-lo dentro de algumas horas. Você sofreu danos em sua unidade central de processamento.

– Você quer dizer o meu cérebro? – perguntou Mando.

– Foi uma piada – disse o droide. – Feita com a intenção de ajudá-lo a relaxar.

Mando soltou um risinho e gemeu. Então, fechou os olhos.

Lá embaixo, nos esgotos, a Criança começara a chorar baixinho. O ar era abafado, e estava tão escuro que mal podiam enxergar mais de dez metros à frente. Cara apontou sua lanterna para o longo túnel diante deles e parou de andar.

– O que foi? – perguntou Greef Karga.

Cara ergueu uma mão e inclinou a cabeça para escutar. Passos aproximavam-se à distância, vindos de trás. Ela e Karga viraram-se para ver quem era.

IG-11 saiu das sombras. Cambaleando ao seu lado, mal conseguindo manter-se de pé, estava o Mandaloriano. Uma lanterna em seu elmo penetrava a escuridão. Ele parecia fraco, mas ao menos estava erguido e se movendo.

Cara correu até ele e o amparou.

– Eu ajudo você.

Eles continuaram andando.

– Você sabe que caminho seguir? – perguntou Cara.

– Não – admitiu Mando. – Não conheço estes túneis.

Karga apertou os olhos.

– Se seguirmos o cheiro de enxofre, chegaremos ao rio de lava.

– Os Imperiais nos alcançarão antes de conseguirmos chegar à nave – disse Mando. – Precisamos que os Mandalorianos nos escoltem até a segurança.

Ele procurou por rastros. A infusão de bacta de IG começara a fazer efeito, e ele se sentia mais forte, capaz de ficar de pé e caminhar sozinho. Movendo-se mais rápido, Mando liderou o caminho pelo corredor e virou uma esquina, parando abruptamente.

Uma pilha de elmos e peças de armaduras Mandalorianas estava diante dele, no chão. Mando a encarou e abaixou-se sobre um joelho, pegando um capacete qualquer para olhar.

– Temos que ir – disse Cara.

– Vão vocês. Levem a nave. – Sua voz soava resoluta. – Não posso deixar isto assim. – Ele se virou para Greef Karga, sentindo a raiva crescer. – Você sabia disso? Foi obra dos seus caçadores de recompensas?

– Não foi culpa dele – respondeu uma voz feminina atrás deles.

Mando parou e olhou ao redor, quando a Armeira saiu das sombras.

– Não foi culpa dele – ela repetiu. – Nós sabíamos o que poderia acontecer se deixássemos este lugar. Os Imperiais chegaram pouco depois. – Ela encarou a pilha de armaduras e elmos. – Este foi o resultado.

– Alguém sobreviveu? – perguntou Mando.

– Espero que sim. Alguns podem ter deixado o planeta.

Ele a fitou.

– Venha conosco.

– Não – respondeu ela. – Não vou abandonar este lugar até ter recuperado o que sobrou.

Mando e os outros assistiram enquanto ela começava a recolher as peças de armadura. Eles a seguiram até a forja, onde ela usou um par de pinças para segurar uma peça de armadura sobre as chamas azuis.

– Mostre-me aquele cuja segurança levou a tamanha destruição.

– Foi ele – disse Mando, exibindo a Criança.

– Este é aquele que você caçou, e depois salvou?

– Sim – disse ele, e acrescentou: – E ele também me salvou.

Ela encarou a Criança, que a olhou de volta, arrulhando, sob a aba da bolsa.

– Parece indefeso – observou ela.

– Está ferido – disse Mando –, mas não é indefeso. Sua espécie pode mover coisas com a mente.

A Armeira não pareceu surpresa.

– Já ouvi relatos assim. As canções de eras passadas contam sobre as batalhas entre Mandalore, o Grande, e uma ordem de feiticeiros chamados Jedi, que lutavam usando esses poderes.

– É um inimigo?

– Não – assegurou ela. – Os outros de sua espécie foram inimigos, mas este indivíduo não. – Ela olhou novamente para a Criança. – Ele é um enjeitado. Segundo o Código, está sob seus cuidados. – Inclinando-se para a frente, ela começou a derramar cuidadosamente o beskar derretido dentro de um molde. – Você não tem escolha. Precisa levá-lo de volta ao povo dele.

– Onde?

– Isso cabe a você descobrir.

Mando a encarou.

– Você espera que eu vasculhe a galáxia em busca do lar desta criatura e a entregue para uma raça de feiticeiros inimigos? – perguntou ele.

– Até lá, ou até que ele cresça, está sob seus cuidados. Você é como um pai para ele – declarou ela.

– *Pai?*

– Este é o Caminho – assentiu a Armeira. – Você conquistou seu sinete. – Avançando em direção ao caçador, ela fixou o sinete do lamoceronte na ombreira direita que ele vestia. – Vocês são um clã de dois.

– Obrigado – disse Mando. – Vou usar isto com honra.

Uma explosão distante ecoou pelo corredor.

– Um grupo de batedores – disse a Armeira. – Vocês precisam ir. – Ela voltou-se para o droide. – IG, por favor proteja o corredor externo.

O droide virou-se e entregou a Criança para Cara, que a pegou de forma desajeitada.

– Calma aí. Eu não entendo nada de bebês – disse Cara, mas a Criança balbuciou alegremente em seu colo.

A Armeira voltou sua atenção para o Mandaloriano.

– Tenho mais um presente para sua jornada – disse. – Já treinou com uma Fênix Ascendente?

– Quando era um garoto – disse Mando.

– Então, isto – disse ela, entregando-lhe uma mochila a jato – vai torná-lo completo.

– Obrigado – disse ele.

Lá fora, as explosões e os ruídos de blaster ficavam mais altos e próximos. Mando olhou de relance para Cara e Greef Karga. Eles recarregaram suas munições, mas não poderiam ficar mais tempo ali. Era hora de ir.

Depois que partiram, a Armeira ajoelhou-se perante a forja. Ficou imóvel e escutou os passos dos stormtroopers aproximando-se por trás – cinco deles, estimou. Mesmo quando estavam bem próximos a ponto de tocá-la, ela continuou absolutamente imóvel.

– Ei, Mando – disse um dos troopers. – Onde eles estão? – Ele bateu a ponta de seu blaster contra o elmo dela. – Eu perguntei onde eles estão?

O que se seguiu levou menos de vinte segundos. A Armeira brandiu seu martelo com força, acertando o rosto do trooper, depois girou e arremessou a arma contra o capacete do trooper que estava do outro lado. De sua outra mão, um formão voou e atingiu o peito de um terceiro enquanto ela agarrava o quarto e o jogava de cabeça diretamente nas chamas azuis da forja. Quando o trooper diante dela tornou a se levantar, atirando para todo lado, ela o agarrou e fez girar, forçando-o a atirar contra o oponente que se aproximava por trás. Derrubando-o, ela o acertou com o martelo novamente. Desta vez, ele permaneceu caído.

A sala ficou silenciosa. Ela olhou para os corpos ao redor e não sentiu nada além de um pequeno, mas indispensável, momento de paz, como se um pouco da ordem tivesse sido restaurada.

Ela se aproximou da forja, preparando-se para limpar suas ferramentas e voltar ao trabalho.

CAPÍTULO 30

MANDO E OS OUTROS SEGUIRAM pelo túnel até o rio que corria para as colinas de lava. Enquanto caminhavam, o calor e o odor de enxofre ficavam cada vez mais intensos. À beira do rio, lava borbulhante cercava o barco. O veículo parecia não ser utilizado há muito tempo, e permanecia firmemente preso à margem. O droide barqueiro permaneceu em silêncio, com os circuitos aparentemente queimados, enquanto Mando e Karga esforçavam-se para soltar o barco.

– Importam-se de sair da minha frente? – perguntou Cara. Passando a segurar a Criança com um único braço, ela apontou o rifle e disparou contra a margem, explodindo a lava endurecida até o barco se soltar, balançando na correnteza. Eles subiram.

Alertado pela agitação, o droide barqueiro zumbiu e despertou, seus processadores brilhando e piscando ao reconhecer que tinha passageiros. Ele se levantou sobre grandes pernas até se elevar sobre todos na popa do barco, o remo nas mãos, e chilreou interrogativamente.

– Acredito que ele esteja perguntando aonde desejamos ir – disse IG-11.

– Rio abaixo – respondeu Karga –, até as colinas de lava.

O droide começou a trabalhar e pôs-se a remar. O líquido laranja incandescente borbulhava ao redor deles, enquanto o barco avançava lentamente. Mando viu estranhas criaturas de olhos vermelhos correndo na escuridão, próximas das margens.

– Isso! – Karga apontou para a luz adiante. – Estamos livres.

Mando ativou o escâner de seu elmo.

– Não – disse. Ele viu os contornos de ao menos uma dúzia de figuras posicionadas do lado de fora, de ambos os lados da saída, aguardando silenciosamente. – Stormtroopers. Estão flanqueando a boca do túnel. Devem saber que estamos a caminho.

– Pare o barco! – disse Cara. – Droide! Eu mandei parar o barco! – Ela apontou o blaster para a matriz de processamento do droide barqueiro e puxou o gatilho. A cabeça do droide explodiu em uma torrente de faíscas, e ele ficou imóvel e parou de remar. Mas não fez diferença. O barco continuava a avançar através da correnteza da lava que fluía ao redor.

IG olhou em direção ao pelotão de stormtroopers.

– Eles só ficarão satisfeitos quando tiverem a Criança – constatou IG. – Isto é inaceitável. Vou eliminar o inimigo e vocês poderão escapar.

Mando olhou para o droide babá.

– Você não tem esse poder de fogo todo, parceiro. Nem chegaria a ver a luz do dia.

– Este não é o meu objetivo – esclareceu IG-11. – Ainda tenho os protocolos de segurança de meu fabricante. Se minha integridade estiver comprometida, preciso me autodestruir.

– Do que está falando? – perguntou Mando.

– Não tenho permissão para ser capturado. Preciso ser destruído. – O droide encarou o caçador de recompensas. – Infelizmente, não há nenhum cenário possível em que a Criança seja salva e eu sobreviva.

– Não – disse Mando –, você não vai a lugar algum. Precisamos de você.

– Por favor, diga-me que a Criança ficará a salvo sob seus cuidados.

– Mas você será destruído...

– E vocês irão viver – disse IG –, e eu terei cumprido o meu propósito. – Ele olhou para o Mandaloriano. – Não há razão para ficar triste. Eu nunca estive vivo.

– Não estou... triste – disse Mando.

– Sim, está. Eu sou um droide babá. Analisei a sua voz. – IG abaixou-se e correu seu dedo mecânico pelo rosto da Criança, quase que carinhosamente.

Então, virou-se e desceu do barco, para dentro do rio de lava derretida.

CAPÍTULO 31

MANDO E OS OUTROS PERMANECERAM no barco, assistindo enquanto IG-11 avançava mergulhado na lava, seguindo em direção à saída. Do lado de fora do túnel, o pelotão de stormtroopers aproximou-se das margens, seus blasters apontados para o droide que saía para a luz do dia.

– O protocolo do fabricante determina que não posso ser capturado – disse IG, e o detonador implantado em seu corpo começou a apitar rapidamente. – Devo ser destruído.

A luz vermelha do detonador parou de piscar.

A explosão foi imensa.

Conforme o barco deslizava para fora do túnel, Mando olhou os corpos dos stormtroopers espalhados em ambas as margens do rio através da nuvem de fumaça. O droide conseguira. Sacrificando a própria vida, salvara as deles.

Um guincho cortou o céu. Mando ergueu a cabeça e viu o caça TIE rugindo na direção deles.

– Moff Gideon! – gritou Cara, levantando o blaster. Mando e Karga juntaram-se a ela e atiraram contra o caça que manobrava acima, com os canhões disparando contra eles.

– Ele errou! – disse Karga.

– Não vai errar da próxima vez – respondeu Mando, observando o TIE preparando-se para dar a volta e atacar novamente.

– Ei, vamos deixar o bebê fazer o truque da mãozinha – sugeriu Karga. Ele olhou esperançoso para a Criança, agitando os dedos. – Vamos lá, bebê! Faça o truque da mãozinha!

A Criança olhou para ele e acenou, arrulhando.

Karga suspirou.

– Estou sem ideias.

– Eu não – disse Mando. Ele pegou a mochila a jato que a Armeira lhe dera e a acoplou, fixando-a bem. Conseguia ver o caça TIE de Moff Gideon retornando, vindo na direção deles, os canhões fulgurando.

Ativando os propulsores, o Mandaloriano alçou voo, permitindo que o TIE passasse por baixo dele. Ele disparou seu cabo, prendendo-se no caça, e sentiu o tranco quando a nave o puxou, balançando-o pelo céu.

Mando ativou sua mochila a jato novamente, impulsionando-se para a frente, e pousou no domo da cabine do caça, olhando diretamente para o rosto surpreso de Gideon. A expressão do Imperial contraiu-se em um misto de fúria e determinação. Mando apontou o blaster para a escotilha e disparou, mas a porta da cabine resistiu.

Gideon guinou para a esquerda, sacudindo as laterais da nave e arremessando Mando para longe da cabine quando o caça voou em espirais. O caçador de recompensas resmungou, escorregando para o conector esquerdo do caça e segurando-se com todas as suas forças. Pegou um detonador de seu cinto e o prendeu ao conector.

Em seguida, se soltou.

Abaixo, Cara e Greef Karga assistiram quando toda a lateral esquerda do caça TIE de Moff Gideon explodiu em chamas, desestabilizando a nave, que adernou para o chão, onde se despedaçou em uma nuvem de fumaça à distância.

Pouco depois, o Mandaloriano pousou diante deles, aterrissando ligeiramente agachado e levantando-se com um suspiro.

Karga e Cara caminharam até ele.

– Aquilo foi impressionante, Mando – disse o agente da Guilda. – Muito impressionante. – Ele assentiu. – Parece que sua classificação junto à Guilda acabou de subir.

– Faltou algum stormtrooper? – o Mandaloriano quis saber.

– Acho que limpamos a cidade – respondeu Cara. – Estou pensando em ficar aqui só por garantia.

– Você vai ficar aqui? – perguntou Mando.

– Bom, por que não? – disse Karga. Ele gesticulou na direção da cidade. – Nevarro é um ótimo planeta, e agora que toda escória e vilania foi expulsa, voltará a ser respeitável.

– Como um refúgio de caçadores de recompensas?

Karga lançou-lhe um olhar demorado.

– Algumas das pessoas que eu mais gosto são caçadores de recompensas. E talvez... – disse ele, pousando uma das mãos no ombro de Cara – este tipo de soldado possa considerar juntar-se às nossas fileiras. E você, meu amigo. – Voltou-se para Mando. – Você será recebido de volta na Guilda de braços abertos.

Mando baixou os olhos para a Criança, que o encarava com os bracinhos levantados. O caçador abaixou-se e a ergueu, pegando-a no colo.

– Temo ter assuntos mais urgentes para resolver.

Cara inclinou-se e tocou a orelha da Criança.

– Tome conta deste pequenino – disse ela.

– Ou talvez – acrescentou Karga – ele que vai tomar conta de você.

Mando assentiu, virou-se e ativou sua mochila a jato. Decolou, sentindo a Criança em seu colo virando a cabeça para olhar a paisagem abaixo, e as duas figuras que estavam lá, observando enquanto partiam.

De volta à *Razor Crest*, Mando enterrou Kuiil e deixou o capacete e os óculos como um monumento onde o Ugnaught tombara. Depois, levou a Criança para dentro da nave, ligou-a e acionou os motores.

A Criança sentou-se atrás dele, mordendo alguma coisa. Mando percebeu que era o colar com o medalhão do mitossauro que dera a Cara antes de descerem para os esgotos. De alguma forma, a Criança acabara ficando com o colar no pescoço.

Mando puxou o mitossauro gentilmente da boca da Criança.

– Não achei que fosse ver isto de novo – disse ele, depois colocou de volta nas mãos dela. – Por que não guarda ele com você?

A Criança voltou a pôr o colar na boca.

A *Razor Crest* levantou voo e decolou.

Pouco depois, haviam partido.

Não demorou muito para que os Jawas encontrassem os destroços do caça TIE. Mesmo com os danos, havia muito para ser recuperado, e eles já estavam avaliando as peças da nave, prontos para carregá-las.

Um repentino ruído crepitante irrompeu de dentro da nave abatida.

Os Jawas gritaram assustados e afastaram-se quando a lâmina laser atravessou a cabine de dentro para fora. Ela cortou uma seção quase retangular de metal, que se soltou e caiu para a frente.

Logo depois, Moff Gideon saiu, empunhando o Sabre Negro.

Ele subiu até o topo da parte externa da cabine, onde ficou imóvel com o sabre ardendo, avaliando as redondezas com o olhar frio e vigilante.

As coisas mudaram, pensou.

Mas a situação atual apresentava possibilidades.

Ele tinha muito trabalho pela frente.

O Mandaloriano é um dos maiores caçadores de recompensas da galáxia. Ele sempre captura sua presa.

A nave do Mandaloriano é a *Razor Crest*.

Enquanto buscava cumprir seu objetivo, Mando recebeu ajuda de um Ugnaught chamado Kuiil.

Mando ficou surpreso ao descobrir que o objeto de sua caçada era apenas uma criança.

Mando entregou a Criança ao Cliente, mas acabou mudando de ideia. Ele enfrentou os guardas do Cliente para reaver a Criança.

No planeta Sorgan, Mando encontrou – e lutou – com a ex-Rebelde Cara Dune, mas eles terminaram em um empate.

A Criança assiste calmamente enquanto Mando e Cara Dune lutam.

Mando e Cara Dune ajudam os aldeões de Sorgan a combater invasores que atacaram usando um andador AT-ST Imperial.

Em Tatooine, Mando se une a um jovem caçador de recompensas chamado Toro Calica, para rastrear a assassina Fennec Shand.

Fennec faz o que pode para convencer Toro a deixá-la ir.

A Criança adora comer sapos!

Mando se une a uma tripulação convocada por um velho amigo para libertar um prisioneiro de uma nave da Nova República.

Mando percebe que precisa enfrentar de uma vez por todas as pessoas que estão atrás da Criança e pede a ajuda de Cara Dune.

Greef Karga, o contato de Mando na Guilda dos Caçadores de Recompensas, também promete ajudar, depois que a Criança cura um ferimento em seu braço.

A Criança se diverte ao andar com IG-11 no deslizador de um soldado de reconhecimento.

Moff Gideon, do Império, chega a Nevarro com stormtroopers, querendo a Criança para si.

A Armeira solda um sinete na armadura do Mandaloriano.

IG-11 sacrifica-se para que Mando e a Criança consigam escapar em segurança.

A Criança sabe que pode contar com Mando para tomar conta dela.

Embora Mando e a Criança tenham conseguido escapar... Moff Gideon, que empunha o Sabre Negro, promete encontrá-la.

Agora, a Criança e o Mandaloriano formam um clã de dois.